善良的蝴蝶

小聪哥 著

台海出版社

图书在版编目（CIP）数据

善良的蝴蝶 / 小聪哥著. -- 北京 ：台海出版社，
2020.11
ISBN 978-7-5168-2815-1

Ⅰ．①善… Ⅱ．①小… Ⅲ．①短篇小说－小说集－中
国－当代 Ⅳ．① I247.7

中国版本图书馆 CIP 数据核字（2020）第 224157 号

善良的蝴蝶

著　　者：小聪哥

出 版 人：蔡　旭　　　　　　　　　　封面设计：树上微出版
责任编辑：王　艳

出版发行：台海出版社
地　　址：北京市东城区景山东街 20 号　　邮政编码：100009
电　　话：010-64041652（发行、邮购）
传　　真：010-84045799（总编室）
网　　址：www.taimeng.org.cn/thcbs/default.htm
E - mail：thcbs@126.com

经　　销：全国各地新华书店
印　　刷：武汉市金港彩印有限公司
本书如有破损、缺页、装订错误，请与本社联系调换

开　　本：880 毫米 ×1230 毫米　　　1/32
字　　数：51 千字　　　　　　　　　印　　张：4.25
版　　次：2020 年 11 月第 1 版　　　印　　次：2021 年 1 月第 1 次印刷
书　　号：ISBN 978-7-5168-2815-1

定　　价：42.00 元

Contents 目录

李大爷的爱情

如果我说，我被一桩犯罪感动了，你一定会觉得我疯了。

四十年前，李大爷还是一个小伙子，他向缪小妹求婚的时候，写了一首诗，大概意思是说：我很喜欢你，如果你嫁给我，我会像你妈爱你一样的爱你。由于诗写得太拗口，活生生把一首情诗写出了骂人的感觉。缪小妹当时就笑岔气了，指着村口的大树说，你爬上去把上面的马蜂窝掏下来，我就嫁给你。

李大爷当时太年轻了，听见后半句话的时候就控制不住了，撸起袖子就往树上爬，还没等看热闹的人围上去，惨叫一声就掉下来了。他掉下来的时候顺带把马蜂窝也拽了下来，可怜来围观的群众，刚兴致勃勃地跑上来，马上又鬼哭狼嚎地逃散开。

最惨的还是李大爷，两个月后，肿消了一些，基本能看出人形，但右腿摔瘸了。

腿瘸了以后，李大爷再没有找过缪小妹，认命了。

过了三个月，缪小妹主动找上门来，生气地问："说好娶我的，想要赖啊？"

李大爷当时就吓蒙了，本来三个月来愣是没有掉一滴眼泪，现在忍不住了，当场就高兴哭了。

结婚后，李大爷到缪小妹代课的小学门口开了一家小卖部，像守着宝贝一样地蹲在门口。

三年过了，两人还没有小孩。李大爷偷偷去检查，得知当年摔出了问题，自己没有生育能力了。

于是有一天，李大爷跟缪小妹说："我们离婚吧，你再找一个能生的。"

缪小妹想了想，指着村口的另一棵树说："老规矩，你现在去把那棵树上的马蜂窝掏下来，我们马上就离婚。"

李大爷那一年成熟多了，他看了看村口的另一棵大树，转身回去做饭了。

然后，他们就这么过了四十年。这四十年他们过得很幸福，幸福得平淡如水，像是没有什么味道，又像是包含了所有的味道。

我相信，如果他们一直这么活着，他们会一直这么幸福下去的。但是，人总要死，更悲哀的是总有一个要先死。

缪小妹四十年后已经是缪奶奶，她躺在病床上，身上插满了管子，唯一不变的，是李大爷依然像当年一样默默地守在床边。

案发的那一天，缪奶奶很费力地跟李大爷说了一句话，李大爷俯身听完，默默地坐在那里很久，然后，拔掉了缪奶奶的氧气管。这个画面安静地定格在那一秒钟。

后来，李大爷的案子以故意杀人罪送到了检察院。

我还记得我去提审的那一天，李大爷一瘸一

拐地走进讯问室。

我坐在铁栏的另一边，惋惜地对李大爷说："其实缪奶奶的病已经到晚期了，你不拔她的氧气管，她也活不了几天了。"

李大爷说："我知道。"

我皱了皱眉："你知道还这么做？"

李大爷说："那天她跟我说，她每天醒来最痛苦的一件事，是发现自己还活着。我不想她再多痛苦一天。"

我办这个案子的时候还没有结婚，对这种感情始终有些怀疑。为了让对方少受几天痛苦，甘愿背上杀人的罪名，这太离奇了！

我摇了摇头说："这不值得。"

李大爷说："爱无所谓值不值得。"

我说："我不是在跟你谈爱，我们是在谈法律。任何感情都不能成为犯罪的理由。"

李大爷说："你还太年轻。"

跟不在同一频道上的人是无法聊天的，那天，我记了一堆稀奇古怪的笔录和一段四十年的爱情，犯罪的情节反倒像是故事的点缀，直到快要结束的时候，我都怀疑自己走错了片场。

走出看守所的时候，我问了跟我一起提讯的孔姐三个问题：

当一个人已经走到生命的尽头，活着只是一种煎熬的时候，活着是否还有意义？

让她痛苦地活着，或是遵循她的意愿，让她平静地死去，哪一种更爱她？

当有一天要在法律和爱之间作出选择，应该选哪一样？

孔姐想了想，只用了一个问题就解决了我所有的问题："你找到女朋友了吗？"

小田和摩托车

　　老罗是一名老缉毒干警，今天雨下得很大，但他们接到线报，说有一名马仔会运毒去邻县，所以，老罗和队友们冒雨蹲守在收费站。

　　差不多下半夜的时候，一辆摩托车驶往收费站，车上是一个穿着雨衣的男子，看不清样子。

　　老罗他们一下子警觉起来，不动声色地把摩托车拦下来，说是例行检查。

　　那辆摩托车犹豫着，慢慢地靠向老罗他们。突然，车上的男子从脚边抱起一个黑色包裹，弃车朝路边疯狂地逃跑。

　　路边不远处有一条河，那个男子是想把包裹丢到河里。如果包裹被河水冲走，查不到毒品，那就无法给他定罪。他很有经验。

　　老罗咬着牙猛追上去，他不能让这样的事情发生。他从警二十年了，虽然手上逃脱过几名毒犯，但是，只要有机会，他不会放过任何一个。

　　在那名男子把包裹抡起来，准备丢出去的那一秒钟，老罗追了上来，一个猛扑，把人和包裹都压到了地上。

　　队友赶过来，铐上男子，押到警务站。老罗脱下自己的雨衣，小心地护住包裹，任由大雨从身上淋过。这是定罪的重要证物，他不允许自己有一丝的失误。

　　在警务站里，老罗当着男子的面，对包裹进行了扣押、封装。大家松了一口气，在大雨里苦守了半夜，终于有了收获，脸上都有了胜利的笑容。

　　现在最关键的事情是第一时间对毒品拆封、称量，但是警务站不具备称量的条件，所以老罗和另外两名队友押着男子和包裹赶回局里。只有把毒品的证据固定下来，这个案子才有把握。

　　老罗走之前，看了一眼毒犯的摩托车，现在

倒在路边，被大雨冲刷着。时间紧迫，没有多少时间让他思考。他对小田说，我们先赶回局里，你把摩托车骑回来，路上注意安全。

小田刚工作没多久，第一次抓到毒犯，既紧张又兴奋。虽然摩托车并不是什么关键物证，但总算是自己接到的第一个独立任务，他很开心。

雨一直下，老罗他们开得太快，一下子就没影了。小田被雨水淋得快睁不开眼了，独自一个人骑着摩托车往局里去。

突然，岔路旁边冲出一辆红色的轿车，小田躲闪不及，尽量冷静地躲避，但摩托车尾还是被撞到了，控制不住滑了出去，连人带车冲到了绿化带里。

红色轿车里惊恐地跑下一个女人，带着哭腔报了警。

交警马上赶到了，看到小田痛苦地捂着手斜靠在摩托车边，很客气地说："兄弟，我们送你去医院。"

小田摇头说："这辆摩托车是案子的物证，我现在必须马上把它送回局里。"

交警很理解地点了点头，然后让小田坐到警车里，安排另一名辅警在前面骑着摩托车，一起送到了公安局。

小田看着摩托车安全送到，这才躺倒在后座上，被送到医院。

老罗这边，到公安局后，当着男子的面，当场对包裹拆封。先是一层黑色塑料袋，然后是一个纸盒，打开纸盒，用泡沫包裹着一袋白色粉末。老罗小心地把粉末拿出来，放到秤上衡量。

不对，有哪里不对！不知道为什么，老罗突然有一种不好的预感。他抬起头看着那名男子，那男子冷笑着看着老罗，这样子一点也不像人赃俱获的表情，倒像是在看笑话。

老罗惊觉地拿起毒品，凑到眼前仔细地看了看，又小心地闻了一下。糟糕！这不是毒品！这不是毒品！

老罗一把抓住男子的衣领，怒吼道："毒品

在哪里？"

男子不屑地说："什么毒品啊？我不知道你在说什么？"

所有人脸色都变了。

老罗压住怒气，仔细一想，线报应该没有错，他肯定带着毒品。哪里出问题了呢？他脑子里突然闪过那辆摩托车。他大喊道："小田回来没有？摩托车在哪里？赶快去找摩托车！"

大家惊醒过来，一窝蜂飞奔了出去。

十多分钟后，交警把小田和摩托车送到了公安局。老罗他们拆开摩托车，这才在坐垫下找到了真正的毒品，一称量，足足有一百多克。

这个案子随后移送到检察院起诉。我抱着卷宗来回看了三遍。那名被抓获的男子拒不认罪，坚称车上的毒品不是他的，他不知道是什么情况。一个很头痛的案子。

后来我请了老罗来办公室商量这个案子。

我说："这个案子怕是定不了罪。人车分离时间太长，而且中间经手的人太多，还出了事故，如果犯罪嫌疑人认罪，那还好办一点，但是现在他拒不承认，我们无法证明毒品就是他的，证据有问题。"

老罗脸色铁青说："当时是我们疏忽了，有什么办法补救吗？"

我摇了摇头说："客观上无法补证了。"

另一名年轻干警说："毒品怎么可能不是他的，那摩托车虽然出了事故，但只有小田和那名辅警碰过，不可能是别人放在车上栽赃他的。"

我说："我相信你说的，我也知道毒品就是他的。但是，取证程序有问题，毒品的证据不能用，无法排除合理怀疑，这个案子定不了罪。"

年轻干警有点激动了："你说定不了罪，就定不了罪了？小田为了护送这辆摩托车，手都摔断了，这算什么？"

我冷漠地说："算一个教训。"

如果不是老罗拉着那名小干警，他肯定会冲上来揍我一顿。

最后不欢而散，那个小干警出门的时候，嘟囔着骂了一句："什么东西啊！"

我假装没有听到，骂人不是我的强项。

后来这个案子我提交检委会讨论，最终以证据不足，决定对那名犯罪嫌疑人不起诉。

人放了，案结了。

事后，我约老罗他们吃饭。在一个羊肉馆里，老罗、小田和骂我的那名小干警，四个人围坐着。

我说："虽然案子定不了罪，但我敬佩你们。这杯酒，算我给你们道歉。"

老罗大度地说："也不是你的错，也怪我们当时太心急了，上了他的当。"

小田虽然负伤送回摩托车，但毕竟办案中出了事故，案子最终也泡汤了，被警告处分。他右手还裹着石膏，闷闷不乐地坐在那里。

我又端起一杯酒，对小田说："我敬你。"

小田顿时腼腆了。

然后我边喝酒，边听他们聊起各种办案的故事。他们口才并不很好，加上喝了酒，东一句，西一句，但有些事还是听得我心惊肉跳、热血澎湃。说到有趣的时候，大家又放声笑成一团。

我忽然觉得，他们是一群真性情的人，其实很可爱。

酒喝到一半的时候，小干警突然站了起来，毫无预兆地把旁边一个干瘦的男子按翻在地。

我吓了一大跳，这是什么情况啊！

正在我思索的时候，小干警喊了一声："在这里偷钱，胆子也太大了。"

隔壁桌的一个女子也很配合地喊了一声："我的钱包，我的钱包不见了！"

原来是抓小偷啊。我松了一口气。

那小偷不老实，一直在挣扎。小田上去踹了几脚，那小偷喊道："不要打了，不要打了，再打我叫警察了。"

小干警笑了："我就是警察。"

那小偷愣了一下，又说："警察打人，我要向检察官举报。"

我说："我就是检察官。"

那小偷蒙了。小干警趁机在那小偷身上搜出了钱包。

最后，这顿饭也没有吃完，我们四个人押着那小偷一起去最近的派出所。

路上的时候，我有一种奇怪感觉，就像我们四个人其实是在一起把那辆藏有毒品的摩托车送到目的地，一起去弥补我们心中的遗憾。

我看了一眼吊着手的小田，他不顾受伤地送回摩托车，最后还被警告处分，大家都为他打抱不平。如果案子顺利定案了，他就是英雄，可是，生活中，有时我们像英雄一样地奋战，却没有像英雄一样的结果。不过我看得出，小田脸上的苦郁已经被抓到小偷的兴奋冲淡了很多。我们这些所谓的法律守护者，其实只是一群普通人，我们无法像人们希望的那样把所有的罪犯都绳之以法，但是，我们在拼尽全力地守护着心中的每一分正义。当面临生活的不公，我们也会抱怨、沮丧和无助，不过，在人们需要的时候，仍会义无反顾地挺身而出，这是流淌在我们血液中的责任和信念。

　　我看看四周，没有掌声，没有鲜花，冷清的大街上，只有四个喝醉了酒的男人和一个沮丧的小偷。

薛大嫂的命

对于刑事案件的受害者来说，最绝望的事情是抓不到罪犯吗？不是，是每天看着他从你的门前晃荡着经过，你仍然无能为力。

薛大嫂就是这样的感受。她被孟老三强奸的事已经全村都传开了，但是，孟老三仍然每天这么从薛大嫂的门前招摇过市，得意又威风。

薛大嫂报过警，但警察的答复是证据不足。于是，没有人帮助，没有人支持，有的只是村里的流言蜚语、指指点点和幸灾乐祸。当所有的人都不站在你这边，欲哭无泪，欲求无门，这就是绝望。

但是，这并不能怪警察，这个案子我了解，甚至可以说，证据不足的答复其实也有我的一份。

薛大嫂报警后，因为案情特殊，公安机关邀请检察院提前介入侦查。那天老科长到市里学习了，是我去的。

我听派出所的民警介绍完案件证据后，就觉得证据不足。据薛大嫂报案说，她男人长期在外打工，所以地里的活都是她一个人在干。案发那天，她正在地里干活，被孟老三突然从后面抱住，拖到玉米地里强奸了。

但是，薛大嫂却是一个星期后才报的警，所有的痕迹物证都无法提取了，虽然薛大嫂手臂上有轻微的擦伤，可证明孟老三跟她发生过性关系的证据完全缺失了。

薛大嫂为什么一个星期后才报案呢？据薛大嫂自己说，本来她不想报案的，毕竟不是什么光彩的事，想让孟老三赔点钱了事。孟老三开始答应，直到一个星期后才开始耍赖。一天他们在地里争吵的时候，被路过的何大婶听到了，于是这事便传开了。既然事情传开了，也就不是赔钱能了结的事了，于是薛大嫂报了警。

对于薛大嫂的指控，孟老三拼死否认，说根本就没有这么一回事，是薛大嫂诬他的。

关键证人何大婶的证词比较模糊，说那天确实听见薛大嫂和孟老三吵架，但是具体吵什么没听清，好像是薛大嫂要赔偿，说不能被白白弄了。孟老三看到何大婶来就走了。反正就是男男女女之间的那点事呗。

由于距离案发时间太长，除了薛大嫂的单方陈述，几乎没有其他证据。所以，案件确实是证据不足。

我没有想到的是，这个答复引来了后面的事情。

有一天，薛大嫂竟然找到我的办公室，开口就质问道："哪个是天杀的张检察官？"

办公室的同事们不由得全部都看向我，我愣了一下，说："我是。"

薛大嫂二话不说，径直走向我，从布袋里掏出一瓶"百草枯"重重地砸在我的桌上，愤愤说道："今天你不把孟老三抓起来，我就死在这里。"

我回过神来，苦笑道："你是薛大嫂吧。不要激动，请来这边坐，先喝口水。"

薛大嫂扯着嗓子喊道："别跟我来这套虚的，你就直接说抓不抓人吧。"

我也来气了，说道："第一，这个案子现在在公安机关办理，我们只能给参考意见，没有权力做决定；第二，你这个案子现在确实证据不足，除非有新的证据，不然没办法。"

"新的证据？"薛大嫂犹豫了一下，突然指着我骂道，"你到底收了孟老三什么好处，你就是想包庇他！"

我无奈地说："我不认识孟老三，也没有收过他任何好处。我只是在依法办事。"

薛大嫂一挥手就把我桌上的半摞法条掀翻在地上，尖叫道："法律还不是你们说的算。白也是你们，黑也是你们，你们都不是好人。"

我的情绪也被带起来了，"跟我耍赖是不是？我还就告诉你了，证据不足就是证据不足，天王老子来了也是证据不足！"

薛大嫂冲过来一把抓住我的衣领就开始撕，我没有撕架的经验，顿时落了下风，脸上被挠了两把。

旁边围观的同事们这才反应过来，纷纷过来拉架，场面乱成一团。

等我缓过神来的时候，薛大嫂已经被闻声赶来的控申科的老同志拉去做工作了，狼藉的办公室里，只有一瓶"百草枯"很显眼地摆在那里。

我无处发泄，顺手拿起桌上仅剩的一本法条，狠狠地砸到地上。

没想到的是，第二天，薛大嫂就死了。

据后来听到的消息，薛大嫂那天和我吵完架后就被劝回家了。那天她丈夫从外地赶回来，两人在家有过一次激烈的争吵，然后薛大嫂激愤之下喝了"百草枯"，抢救无效当晚就死了。

第三天，薛大嫂的丈夫就带着人到检察院门口拉了横幅，上面写着"无良检察官逼死民妇"。

刚开始只有薛大嫂的丈夫带着两个人坐在门口，一上午的时间就陆陆续续围了几十人，指责声一片。

到中午的时候人稍微少一些，因为大部分人骂完以后心里痛快多了，又没搞清楚到底是怎么回事，于是先回家吃饭了。

这件事情迅速发酵，舆情一片紧张。

第四天的时候，市里的调查组就来了。

市调查组的众多领导像面试考官一样围坐着，我站在他们对面，把事情的经过详细说了一遍。

大家互相用眼神交流着。

最后，其中最大的一个领导说："既然事情已经发生了，就要有人来承担责任。"

我一听就火了，"什么责任？证据不足的意见有错吗？你们在座的谁敢说这个案子现在定得了罪？"

全场一片安静。那个最大的领导咳嗽一声，说："关键是现在死人了，必须要平息舆情。"

我急了，"很多老百姓根本就不知道事情的真相。"

领导说："现在真相不是最重要的了，重要的是要稳定大局。"

我说："稳定如果以牺牲真相为代价，那么这样的稳定有什么意义？"

领导说："你不要跟我争，我们站的高度不一样。你出去吧，我们会作出决定。"

我愤愤地走出了会议室。

决定作出来了，让我很吃惊。决定的内容是：补偿薛大嫂家属 10 万，暂停老科长的科长职务。

我觉得这个决定很荒唐。

第一，明明没有错，却要补钱。事实不重要，法律不重要，公正不重要，重要的是平息家属的胡搅蛮缠。这样的做法可以平息了这一场闹剧，却无疑在告诉人们，谁闹得凶谁有理。这算什么道理？

第二，祸是我闯的，却处理老科长。后来我才知道老科长对调查组的领导们说过这样一段话："我是科长，所以责任应该由我来担。而且，我的岁数已经这么大了，不在乎处罚。不过，这

些都是我站出来的次要理由。主要理由是，小聪
并没有做错，他是依照证据和法律作出的判断，
这是我们检察官必须秉承的原则。院里的年轻人
们都在看着呢，如果他被处罚了，那么大家在办
案的时候就会害怕，就会圆滑，就会人人自危，
这不是一件好的事情。我们必须保护他们，他们
是检察院的希望，也是法治的希望。我们必须要
给他们胆量，让他们敢于坚持事实和法律，敢于
坚持自己的判断和选择，敢于直面挑战和质疑。
作为一名老检察官，我恳请你们处罚我，不要寒
了年轻人们的心。"

我知道老科长的话后，关上门，在办公室里
痛哭了一场。

后来，薛大嫂的丈夫拿到 10 万元钱后，便
沾沾自喜地离开了。我觉得很可悲，很多人无助
绝望的时候，总以为拼死一搏可以换来正义，可
是，无数的例子证明了，正义与生死无关。

事情还没有结束。

又隔了两天，薛大嫂的丈夫来到派出所，交

出了一条内裤，说是在整理薛大嫂遗物的时候发现藏在结婚的首饰盒里，觉得奇怪。公安机关把内裤送去检验，验出了孟老三的精液。于是，公安机关重新提讯孟老三。在证据面前，孟老三承认强奸了薛大嫂。

听到这些的时候，我震惊无比。薛大嫂为什么宁愿选择死也不交出这条内裤？是因为羞耻，还是因为觉得不重要，或是因为不相信我们，再或者因为其他？现在我们已经无法得知她的真实想法，我只是觉得离奇又荒唐。

有了这份关键的证据和孟老三的认罪，案子很快被判决，判处孟老三有期徒刑七年。本来不会判这么重的，但是，有了检察院的教训，法院害怕再闹出舆情。

判决的那天，我请老科长去检察院旁边的小馆子喝酒。

我对老科长说："我现在觉得脑子里有点乱。我做错了吗？"

老科长抿了一小口酒，反问我："你觉得自

己做错了吗？"

我想了想，说："我没有错。当时的证据情况，让我再作一次决定，还是证据不足。"

老科长说："那不就行了。有时候，生活会和我相信的东西背道而驰，在经历过质疑、挑战后，你仍然相信，这种执着就会变成信念。法律人是需要信念的。"

我听了老科长的话，一抬头把杯里的酒喝了个干净。

那天一直喝到半夜，我喝醉了。老科长扶着我回家，在路上的时候，我指着黑洞洞的天空口齿不清地喊道："来啊，你们都来啊，我不怕你们！"

老科长苦笑道："年轻人啊。"

隔天醒来的时候，我觉得头痛欲裂。不知道为什么，心里总有一股冲动想去看看薛大嫂。

我一个人悄悄地来到薛大嫂的坟前，看着光秃秃的坟头，摸了一下脸上被她挠伤的指痕，既不愤怒，也不抱怨，反而觉得心里很平静。

　　我在那蹲了一会儿，把随身带着的一本法条烧在坟前，像和朋友聊天一样地轻声说："你为什么不把证据给我呢？在法律的世界里，证据比拼命有用多了。这是我最喜欢的一本法条，送给你吧。下辈子，不要再这么拼命了。"

善良的蝴蝶

一只蝴蝶扇动一下翅膀，真的可以制造一场龙卷风吗？

小王是一个业务员，每天早上要开车穿过半个城市去上班，对于他来说，时间就是业绩，就是钱，就是能够在这个城市生存下去的底线和尊严。这一天，他像往常一样通过上班必经的一条窄巷，这条窄巷对行的车子经常互不相让地把对方堵住，每次通过都像打仗一样要抢道、挤车、步步为营。

小王全身紧绷地开车进了窄巷，运气不错，开了一半都没有遇到对头车。但他一丝也不敢放松，继续谨慎地缓行着。糟糕，前面一辆黑色轿车迎面驶来。小王一咬牙，拿出"狭路相逢勇者胜"

的决心，朝那辆车逼过去。

没想到的是，那辆车远远停了下来，安静地等着小王先通过。

两辆车错身而过的时候，小王忍不住朝对方看了一眼，对面车上是一个中年男子，朝小王善意地笑了一下。

那中年男子长相普通，但是，他平淡的微笑却把小王心中的烦躁和焦急瞬间冲淡了。小王也情不自禁地朝那男子点了点头。

之后的一路上，那张淡淡的笑脸不停地在小王的脑子里浮现，让他心情莫名地开朗了很多。

快要到公司的时候，小王减速准备转弯，车后突然有人"哎呀"叫了一声，像是有什么东西撞到了车尾。

小王连忙下车查看。只见一个学生模样的小女孩倒在地上，一条腿被歪倒的自行车压着。

小王看看车尾，小女孩的自行车把车尾划出了一道浅痕。他皱了皱眉，按照他的脾气，本来应该早就破口大骂了，但是今天心情却格外的好，再看着倒在地上的小女孩着实可怜，苦笑一下，俯身把小女孩和自行车扶了起来。

小女孩连声说"对不起"，小王大度地摇了摇头，也没有追究，开车走了。

小女孩感激地看着小王的车子走远，继续骑着自行车往学校赶。途经客运站的时候，小女孩看到一个中年妇女抱着一个婴儿坐在客运站的路边，婴儿哭个不停。

小女孩骑到妇女旁边时，停了下来，把书包里的面包和牛奶放在妇女旁边，笑着说："弟弟喝了牛奶就不哭了。"

妇女警惕地看着小女孩，直到小女孩骑车走远，才犹豫着把面包拿起来，撕开包装，咬了一口，突然失声痛哭起来。

那妇女哭了一会儿，然后抱起婴儿，走到一个警务站旁边，趁着民警不注意的时候，把婴儿悄悄放在门口，转身跑开了。

那个妇女叫陈老菊，隔了一个月，她被抓到了。这是她第一次拐卖儿童，邻村的方独眼拉她入的伙，本来安排她把偷来的婴儿送到邻市，有人来接应她，但是，对方接应的人没有出现，那天她坐在客运站路边，又冷又饿，然后，就遇到了那个小女孩。

我去看守所讯问陈老菊的时候，问了她一句话："如果那天你没有遇到那个小女孩，你打算怎么处理那个婴儿？"

陈老菊说："那天他哭得厉害，我本来打算捂死后丢到客运站的下水道里的。"

我听了这话，只觉得不寒而栗。一个面包和一瓶牛奶，救了一条命。

这个案子让我相信了，这世上真的有奇迹。我们的每一丝善念看上去都是那么的微不足道，但是，正是这一丝丝的善念让这世界变得温暖。这个世界从来不缺少丑恶，缺少的只是那只扇动翅膀的善良蝴蝶。

借钱的男人

　　和大部分女人一样，谢芳以为结了婚就会有幸福。但是，和大部分女人一样，谢芳错了。

　　谢芳二十三岁的时候结婚，二十六岁的时候离婚。离婚的时候，她没有要房子，没有要车子，只要了自己两岁的儿子，儿子就是她的全部。

　　离婚的那一年，她在县城里租了一间房子，身上还有三万块钱，还可以维持些日子，每天和儿子在一起，虽然辛苦，但无怨无悔。

　　有一天，她的一个男性朋友突然找到她，说向她借点钱救命，家里老人要做手术，过两天就还她。

　　谢芳本来不想借的，那个男性朋友和她其实也并不太熟。但是谢芳太善良了，经不住那个男人声泪俱下的哀求，同意借给他一万元钱。那个男人软磨硬泡，最后竟然把谢芳仅有的三万块钱全部借走了。那个借钱的男人拿钱的时候，口口声声说，放心吧，我马上就能还你了。

不幸的事情发生了。过了两个星期，谢芳的儿子突然得了急性脑膜炎，她快急疯了，请那个男人把钱还给自己，要给儿子治病。那男人接电话的时候满口答应，再然后，电话就打不通了。

谢芳凭着印象找到那个男人家，从隔壁邻居那里才知道，那个男人的父母早就死了，赌钱又把房子也输光了，已经跑了。

谢芳急哭了。只得又找到前夫，希望他拿点钱出来治儿子。但是，前夫被跟他早就妍在一起的女人一把拉了回去。那个女人指着自己的肚子说："你敢拿一分钱，我们母子就死给你看。"

前夫把谢芳赶了出来，然后任凭她怎么哭求都没有再开门。

谢芳走投无路，借了两万块钱的高利贷。但是，已经错过了最佳治疗期，钱花光了，儿子死了。

从那个时候开始，谢芳就不知道为什么活着了。虽然只有不到三十岁，但看上去已经像五十多岁了。

后来，谢芳找了一份保姆的工作，只有把别人孩子抱在怀里的时候，心里才稍微平静一些。没有人知道她的真实年龄，大家都习惯了叫她"谢嫂"。

差不多过了五年，有一天，谢嫂去买菜，突然看到了那个借钱的男人。他穿得很光鲜，搂着一个女人从她旁边走过。他根本就没有看谢嫂一眼，即使看了，也不会认出来的。

谢嫂一下子像丢了魂，不远不近地跟在那个男人后面。她不知道自己想干什么，也不知道自己能干什么，只是那样跟着。

后来，那个男人狠狠地摸了女人的屁股一把，然后拿出几张钱递过去。谢嫂看到钱，才一下子醒了过来，是啊，我要把钱要回来，把钱要回来！

可是怎么要呢？谢嫂不敢直接过去，因为她知道，那个男人如果认出自己，马上就会不见了，下一次不知道什么时候会再找到，也许一辈子也找不到。想了半天，她拿出了电话，拨通了借给自己高利贷的那群人的电话。那两万块钱高利贷，谢嫂整整还了三年才还完，连本带利还了七万多。

谢嫂对着电话里的人说："如果你们帮我个忙，我再给你们一万。"放下电话的时候，谢嫂感觉自己有些疯狂，那个男人总共才欠自己三万块钱，自己竟然拿出三分之一去请人要债。但是，她当时并没有犹豫，她心里只有一个念头，我要把钱要回来。

高利贷的人来了，趁那个男人落单的时候，和谢嫂一起把他带到了一个旅馆。

一直到了旅馆的房间，那个男人都没有认出谢嫂。他惊恐地在想自己得罪的到底是哪一伙人。直到谢嫂说让他还钱的时候，他才认出了谢嫂，一下子放松了下来，然后赖皮地斜躺在床上。

要钱没有，要命一条，这就是那个男人的态度。

谢嫂死死盯着那个男人，脑子里想到的不是

三万块钱，而是自己当时走投无路的绝望和自己死掉的儿子。

"大姐，要我们怎么做？"放高利贷的问。

谢嫂也不知道要怎么办。她就那样在另一张床上安静地坐着，像在想事，又像是走神了。

高利贷的人以前向她要了三年的债，最后也有些同情她，也很想帮她把钱要回来。

其中一个放高利贷的，揪着借钱的男人打了几耳光，又狠狠地踢了几脚，但借钱的男人就是不松口，只是抱着头蜷在那里求饶。

放高利贷的人最后也觉得无趣了，就停手坐在一边看电视。

就这样耗了一天，在房间里吃了两顿盒饭。那个借钱的男人看谢嫂也不敢拿自己怎么样，反倒大模大样地吃了个饱，翻身睡了起来。

谢嫂守着那个借钱的男人，就那样坐了一夜，脑子里也乱成一团，一会儿想到那三万块钱，一会儿想自己的儿子，一会儿想到这些年的日子，这些东西像放电影一样从脑子里过着。

到了第二天，放高利贷的看实在磨不出个结果来，这么耗着挺无聊的，就问谢嫂："大姐，你给句话，要手还是要脚，来个痛快的。"

那个借钱的男人一下子瘫了，爬过去跪在谢嫂面前，边哭边求，一面说自己不是人，一面又说实在没有钱还。

谢嫂看着这个男人，好半天，最后才心软地说了句："算了。"

那个借钱的男人听到这句话，爬起来就往外跑，高利贷的人愣了一下，看谢嫂没有发话，也就没有追出去。

高利贷的人叹了一口气："钱也没有要到，就不收你的钱了。我们兄弟两个白帮你这一次，也不枉认识这几年。"说完，他们也走了。

谢嫂还是那样坐在床边，人来人去，浑浑噩噩的感觉这两天像做梦一样。

那个借钱的男人跑出去后就报了警，警察到时，谢嫂还是那样坐着。

这个案子送到检察院的时候，我去会见过谢

嫂一次。她刚被带进讯问室的时候，我以为是管教把人搞错了，眼前这个头发半白的中年妇女，跟身份证上列明的三十一岁实在大相径庭。

整个案子我都感觉怪怪的，于是和她多聊了几句，她才一点一点地跟我说了之前的事情。这些事情卷宗里面没有，那个借钱的男人压根就没有说，谢嫂的供述也很简单，只是说因为要债，所以关了他一天。

本来很简单的一个案子，突然加上这么一个故事，我心里突然有点堵。

那天从看守所出来之前，我忍不住拿了两百块钱给管教，说这是谢嫂的家属托我带的。管教问我哪个家属，我想了想说，她弟弟。

走出看守所，我突然想，如果我是谢嫂，我应该怎么要回自己的钱？想了半天，感觉很无奈，一点办法也没有。我也只是一个普通人而已，如果我的儿子因为这样病死了，我说不定会回答高利贷的说，要一只手。我被自己的想法吓了一跳。

我回头看了一眼看守所的高墙，叹了一口气。

我们站在不同的地方，有时只是因为我们经历了不同的人生。

回来之后，我一夜没有睡着，第二天的时候，我拿着卷宗去找到老科长。我问他："那个借钱的男人骗了谢芳三万块钱，构不构成诈骗罪？"

老科长说："很难。诈骗罪要以非法占有为目的，但那个男人一直说没钱，并没有说不还。这种情况，公安机关一般都作为民事纠纷处理，不敢立成刑事案件，主观上很难证明。"

我很沮丧，把法条和教科书都翻了一遍，坐在电脑前生了一天的闷气。

后来，我还是打电话把那个借钱的男人叫到办公室，借口说还要核实一些细节。其实，我是想让他写一份谅解书，有了被害人的谅解书，对谢嫂量刑就可以轻些。

但那个男人一听写谅解书，马上吼了起来，指着自己被打青的脸说："你看看把我打成什么样，必须严惩！"

我厌恶地看着他，感觉牙都快被咬碎了。我

最终还是没有拿到谅解书，感觉很挫败。

最后，我以非法拘禁罪起诉了谢嫂。另外两个放高利贷的，因为谢嫂也无法提供更具体的身份信息，公安机关没有找到，只能另案处理了。

起诉的时候，我在量刑建议书上写道："因为对于案发被害人有一定过错，可以对被告人谢芳从轻处罚。建议判处拘役六个月，并适用缓刑。"通常表述适用缓刑的时候，我们都说"可以"，不会说"并"。但这一次，我有点意气用事了。

老科长审批的时候，笔在"并"这里停了一下，抬起头看了我一眼，想了想，没有改，在审批单上写了两个字：同意。

开庭的时候，我站在法庭上读起诉书，一点也没有指控犯罪的成就感。

庭审很简单，谢嫂认罪态度很好，半个小时就结束了。

审这个案子的是一个老法官，性格随和，只是眼睛小，总眯成一条缝，有几次开庭的时候，我以为他睡着了，但其实他听得很认真，每一份判决都很严谨。开完庭的时候，法官又眯着眼对我说："上去办公室喝杯水。"本来这种礼貌性的邀请，我的回答应该是："不去了，单位还有事，您先忙。"但是，那天我突然说："好啊。"

我去法官办公室坐了一会儿，因为我要把卷宗里没有的前半个故事讲给他听。

后来，谢嫂以非法拘禁罪被判了拘役五个月，缓刑六个月。

谢嫂从看守所出来的那天，我换了便装，专门去接她，请她吃了个中午饭。但气氛挺尴尬，毕竟曾是检察官和罪犯，总觉得很别扭。

实在不知道聊些什么，后来，我给了谢嫂一个电话号码，对方叫罗云。那是我的一个大学同学，毕业后我考到了检察院，他做了律师。我把谢嫂的事情跟他说后，他愿意免费帮谢嫂去法院告那个借钱的男人。

谢嫂连连躬身谢我，她越是这样，我越是难受。

我们吃了半个小时，然后就不知道再说什

么了。

我去结完账，回来的时候，桌子上放着两百块钱。

我很沮丧，无奈地把钱装在口袋里。是的，谢嫂并不需要我的钱，她需要的是要回自己的钱。

我很希望谢嫂早点赢得诉讼，早点拿到钱。只是民事诉讼有一个漫长的过程，不过，不论多么漫长，我们都必须走下去。因为有的路是为了到达终点，而有的路是为了告诉我们，只要还在路上，就还有希望。

考验

我一直以为自己是一个经得起考验的人，直到我遇到了"考验"。

那天晚上，我加班到晚上十点多，路过取款机时，突然想看看工资到账了没有。输完密码，看着余额，失望地取出卡，正准备走，然后，事情就发生了。

取款机响了一声，然后，一张一张地往外吐钱。我被吓了一跳，连忙扭头向四周看了看，取款室外黑漆漆的一片，月光有些昏暗，一个行人也没有，不禁松了一口气。

取款机故障了，一堆钱就这样散落在那里，钱上的一个个头像对着我温柔地笑着。

"拿还是不拿？"我有些犹豫。

　　我心中的"另一个我"轻声说："我觉得可以拿，这并不是我们的责任，是它自己坏了。"

　　我的左手慢慢伸了出去，右手急忙抓住左手，"虽然是它自己坏了，但钱还在银行的范围内，不属于遗失物或遗忘物，一旦拿走，本质上还是偷。你忘记许庭案的教训了吗？"

　　"另一个我"说："不要这么死板，如果机器故障吞了你的钱，你只能自认倒霉，反过来一样，它多给了你钱，诱惑了你，怎么能完全归责于你？"

　　说着，我的左手已经抓起了一把钱。

　　我用右手死死捏住左手，争辩道："这是狡辩，如果一个强奸犯说自己犯罪，是因为被强奸的女子穿得太少，你会同意这种荒唐的辩解吗？"

　　"另一个我"轻蔑地说："即使是犯罪又怎么样，身为一名检察官，我们都知道最终是以证据来说话的。现在并没有人看到，而且监控坏了好几天了，没有证据证明钱是我们拿的。"

　　我抓着钱的左手慢慢收了回来，右手又把它

推了出去,"虽然没有直接证据,但我刚查过工资,银行系统上有记录,而我查工资的时间和取款机故障的时间离得太近,一旦追查,我是第一嫌疑人。你确定我们能扛过警察的审讯吗?别人不了解他们,难道你也心怀侥幸?"

"另一个我"听我这么说,也有些犹豫了,思考了一下,突然数了数钱,拿起其中的1400元,得意地笑了起来,"盗窃罪的立案标准是1500元,我们只拿1400元,即使被发现,也是定不了罪的。"

我皱了皱眉头,心里还是觉不妥,但经不住"另一个我"不停地劝说,半推半就地把钱装进了口袋。

我走出银行,总觉得口袋里火烫火烫的,一股恐惧感像细流一样沿着口袋向我全身蔓延。明明知道定不了罪,但心里却越来越虚,步子开始虚浮,不停警惕地向四周张望。

突然,一声警笛像惊雷般炸响,一辆警车呼啸着从银行的方向朝我冲过来。我惊叫一声,向路边跑,一脚踏空,朝路边的深沟里跌了进去。

"啊！"我大叫一声，整个人坐了起来，惊魂未定地看着四周，满头是汗，原来我还在办公室，刚才只是一个梦！

我粗喘着气，用手擦着头上的冷汗，才发现汗水把桌上的卷宗都浸湿了。卷宗上写着"胡某某盗窃案"。原来刚才加班的时候不小心睡着了，把自己当成犯罪嫌疑人，带到了梦中。

我缓了缓情绪，把卷宗收了起来，后怕地想："我们心中的欲望和侥幸，只有用法律来束缚。没事的时候，千万不要去考验自己，因为我们根本就不了解自己。"

我看了看表，已经十点多了。关上灯，疲倦地离开办公室。

路过梦中的那个银行的时候，我扭头看了一眼，回想起刚才的尴尬，不禁哈哈大笑起来。

刚要走，突然，取款机响了一声，钱一张、一张、一张地吐出来……

我的笑容僵在脸上，一下子愣在了那里。

乌合之罪

　　夜幕低垂，马晓开着货车从村子里经过，车上用幕布盖得死死的，看不见车上的货。

　　货车离开村子便开始加速，朝着邻县飞奔而去。马晓很紧张，他知道自己现在做的事情是犯法的，一旦被抓到，这辈子就毁了。但是，现在已经不能回头了，女儿的学费、母亲的药费，再想到父亲皱眉抱着烟管靠在墙角咕嘟咕嘟抽烟的背影，他一咬牙，狠狠地踩下油门。

　　货车在夜幕里像一只孤独的飞虫，想要撞破交错纵横的道路织成的网，但是，它太弱小了，终于还是飞不出去。货车还没出城，就被缉查队截住了。

　　马晓对副驾驶上的人说："你快跑吧，我不

会供出你的。"

副驾驶位上的人说:"你保重,我们会照顾你家人的。"

马晓说:"谢谢。"

副驾驶位上的人跳下车,朝路边的田野里跑了。

缉查队的执法人员围住货车,他们没有兴趣去追那个逃跑的人,只在意车上的货。幕布掀开的时候,手电筒一照,满满一车的烟叶。

马晓沮丧地走下车,决绝地说:"车上的烟叶都是我的,我一个人承担。"

这本来只是一个普通的"非法经营罪"的案子,人赃并获,证据充分,马晓自己也认罪,简单到枯燥。可是,我没想到这个看似普通的案子最后会让我这么震撼。

那一天我坐在办公室,正在写马晓非法经营案的起诉书。同事小杨突然跑进来说:"聪哥,外面有人找你。"

因为经常有家属来咨询情况,所以我也没在

意，一边打字一边说："让他进来吧。"

但小杨没有动，为难地站在那里。

我感觉有些奇怪，抬起头问他："怎么了？"

小杨苦笑道："你还是出去看看吧。"

我有些纳闷地和小杨一起走出办公室，才迈出半个身子就被吓得愣住了。

难怪小杨表情那么古怪，只见外面的走廊上黑压压站满了一片人，有老有少，还有背着小孩的妇女，瞟眼一看，少说也有三四十人，连楼梯上都坐得堵住了。

我倒吸了一口冷气，故作镇静地问："你们找我有什么事？"

这时，人群里挤出一个五十多岁的大叔，从身上摸出一包烟，抽出一支，双手递给我说："您就是张检察官吧，抽支烟。"

我连忙摆手说："我不抽烟。"

那大叔尴尬地把烟塞进口袋，赔笑着说："我们和马晓是一个村的，我是他大舅，我们是来给他说情的。"

　　搞清楚了状况，我心里镇定一些。看着外面的这些老百姓，大声问："你们都是吗？"

　　"都是""都是""是是"……走道上七上八下地回答我。

　　我第一次遇到这种群众集聚的情况，一时不知道怎么处理。

　　这时，人群中一个男人大声说："检察官同志，你放了马晓吧。我们是被逼的，村干部把烟叶合同都分了，烟叶卖不了，没办法才请马晓运出去卖的。"

　　"是啊""被逼的""没有合同啊""都是天杀的村干部"……走廊上的老百姓们马上七嘴八舌地说了起来，有几个妇女的声音比较尖利，各种声音混在一起吵得嗡嗡响。

　　我连忙扯着嗓子压住大家的声音喊道："不要吵，这么吵我也听不清啊。你们选两个人跟我进办公室说，其他人不要堵在这里。"

　　大家把目光看向马晓的大舅。他大舅连忙点头说："是啊是啊，你们这么嚷嚷像什么话。先出去吧，我跟检察官同志反映。田二狗，你别坐这堵楼梯啊，你把这当你们家田埂了！"

大家哄笑成一团。

我松了一口气，把马晓大舅带进办公室。老百姓们挤过来围在门外，不敢进来，又不愿散去。

马晓大舅思路还算清晰，不带停地说了十几分钟，我大概听清楚情况了。

马晓他们村比较偏，没什么农作物，每年的主要收入是种烤烟卖。但是烟叶是国家限制经营的，必须有烟草公司的合同才能卖。每年合同都是定量的，指标到了村里后，被村干部们分了一些，卖了一些，到老百姓手上就只剩一部分了。大部分农户家里都有没卖完的烟叶，卖又不能卖，丢又舍不得丢，只能看着它们堆在那里烂掉，一年的辛苦就这样白白浪费了。这种情况已经持续好几年了。今年马晓忍不住了，本来指望着卖了烟叶筹点钱给母亲看病，但最后还剩下大半烟叶卖不出去。他决定去邻县碰碰运气，去买点合同把烟叶卖了。后来村里人知道后，三家五家地悄悄把没卖完的烟叶送到马晓家，请他帮忙一起带出去卖。就这样，东拼西凑，竟然拉了满满一车。

听完后，我心里有些压抑，再看着门外挤簇的人头，脑中突然浮现出一个画面：案发当晚，马晓载着满满一车的烟叶，慢慢地从村里开出去。他路过每一户人家的时候，窗户后面都有几双眼睛悄悄注视着他，送他出村，祈祷他顺利……

这是多么可悲又讽刺的事情，一个罪犯拉着一车违禁品出发了，他的车上，却载着一村人的希望和祝福。

我对马晓的大舅说："你反映的情况我知道了，我会酌情考虑的。"

马晓的大舅连声说着感谢，退出了办公室。

马晓的大舅走后，小杨问我："聪哥，如果这些烟叶是那些老百姓的，那他们不都是共犯吗？那他们都犯罪了？"

我说："是啊，他们是共犯。不过，幸好我们分不清这些烟叶分别是谁家的，也就不知道他们请马晓卖的烟叶有没有达到犯罪的数量。这个案子只能退查一下了。"

小杨大惊失色，"聪哥，难道你想查清楚数量，把这些老百姓都抓了？"

我摇头苦笑道："怎么可能查得清，这些老百姓又不傻。其实我也不想追查，不过，找到真相是我们的职责和信仰，就算不想看清真相，也要假装努力一下，这样才过得了我自己这一关。"

我看着窗外逐渐散去的老百姓们，突然想到了那个跳车逃跑的人。这个人是谁呢？也许是那个骑摩托车的男人，也许是那个抽烟的老头，也许是那个背小孩的妇女，谁知道呢。

这个案子发生的时候还没有司法改革，检察院还有反贪局。我把这个案子向检察长汇报了一下，检察长要求反贪局介入侦查，马晓那个村子的村长、副村长、出纳都被查出贪污，被一锅端了。

我一直记得检察长跟我说的话："如果老百姓们要用犯罪来维护权益，那么我们是应该去思考怎么打击他们，还是去思考这个社会出了什么问题。"

　　巧合的是，后来村长等人也是我公诉的。不过，对于早已被判刑的马晓来说，那是另外一个故事了。

薛小姐的十二条鱼

你有没有遇到过这样的事，有时会发现东西不见了，或者是不在记忆中的地方。每当这个时候，我们都会以为是自己弄丢了或是记错了。但是，事实真的是这样吗？

薛小姐现在就面临着这样的怀疑。最近几天，她下班回到出租屋，都感觉有些不对劲，但具体是哪里不对劲又说不上来。虽然一切如常，但总觉得有一双眼睛在盯着自己，如针芒刺背。

薛小姐一直强迫地告诉自己，是自己太敏感了，并没有什么问题。直到她看到放在小客厅的鱼缸时，才终于发现了一些端倪——鱼缸里的鱼，好像少了！

这个鱼缸是租房的时候就在房间里的，房东

懒得搬，薛小姐也乐得多件摆设，于是当天就去买了二十多条小鱼，红红白白地在鱼缸里穿梭，很是好看。

但是，现在好像并没有二十多条了。她盯着鱼缸认真数了一下，来回数了三遍，鱼缸里的鱼，只有十二条了！

是自己记错了吗？不大可能啊。但如果没有记错，那少了的鱼去哪里了？即使死了，也应该漂在鱼缸里，自己从来没有清理过鱼缸，鱼不可能凭空消失啊。

一股寒意从薛小姐的心里升起，难道有人进来过？不可能啊，因为经常在外租房子，所以自己还是很注意安全的。租房的时候就跟房东提出要换锁，而且钥匙只能自己有，这个条件房东也答应了，租房子的当天就请人来换了锁。

也许是自己记错了吧，薛小姐安慰自己，忐忑不安地去洗了个澡，路过鱼缸的时候，总觉得心虚得厉害，看也不敢看一眼就跑过去了。

第二天早上，薛小姐又瞟了一眼鱼缸，匆匆

出门了。

忙碌一天，她也把鱼的事忘在脑后了。可是，下班回家的时候，那种感觉又波涛汹涌地袭来。

她站在小客厅里，想走近鱼缸，却又有些不敢。最后，还是鼓足勇气走到鱼缸边，瞪大了眼睛一数——只有十一条了！

薛小姐脑子一片混乱，吓得径直跑出屋子，跑到了最近的派出所报案。

这么晚来报警，民警本来以为很严重，紧张地听薛小姐说完事情经过，不由得皱起了眉头，问她："除了少了一条鱼，其他有什么损失吗？"

薛小姐摇头说没有。

民警又问："那还有别的不法侵害吗？"

薛小姐想了想，又摇头说没有。

民警脸色尴尬地说："你确定你没有数错？"

薛小姐极力争辩道："鱼真的少了一条啊！"

民警无奈地说："即使真的少了一条鱼，没有其他不法侵害，我们也很难立案。"

薛小姐焦急地说："要不你们跟我去家里看

一眼吧。"

两名值班民警无奈地跟着薛小姐到她的一室一厅的出租屋里检查了一遍，又仔细看了看她的鱼缸和鱼，没有发现什么异常。薛小姐租住的地方离城有点偏，价格便宜些，但是没什么监控设备，一时也没有头绪。他们只能建议薛小姐换一把锁试试，然后离开了。

薛小姐一个人站在空荡荡的出租屋里，那十一条小鱼无所事事地游着，每窜动一次都像在她的心里刺一下。

薛小姐第二天请了病假，然后一天都待在屋，斜躺在沙发上心不在焉地看了一天电视剧。

晚上睡觉之前，她小心地又数了一遍鱼缸里的鱼，十一条！她松了一口气，也许真的是自己多想了。她踏实地躺在沙发上就睡着了。

隔天继续去上班，回家的时候，薛小姐第一件事就是跑到鱼缸前去数鱼，刚一数完，她的脸色就变得惨白——鱼只有十条了！

她用颤抖的手，一条一条又数了一遍，还是

十条。

她瘫坐在沙发上。报警吗？可是这种情况，警察顶多让自己多注意安全。可是，除了报警，自己还有别的办法吗？

她想打电话求助，拿起电话才发现不知道要打给谁。自己单身来到这个陌生的地方，一个朋友也没有，单位的同事们各怀心思，没有谁会真心帮自己。瞬间，孤独和无助席卷而来，她抱着双手蜷在沙发角落瑟瑟发抖。

人在害怕的时候总会做一些奇怪的举动。薛小姐在沙发上坐了半夜，实在受不了了，突然冲到鱼缸前，拿起旁边的鱼兜，把缸里的鱼全部捞出来，一起倒在马桶里，一股脑地冲走了。

她再返回鱼缸前，看着水里的两根水草妖娆扭动着，除此之外，鱼缸空白而干净。

她裹着被子，连湿漉漉的衣服都没有换掉，就这样看了一晚上的鱼缸。

第二天，她疲惫地又去上班了。

下班回家的时候，薛小姐已经筋疲力尽了，

可是，当她进屋再看一眼鱼缸的时候，突然尖叫一声，转身就跑下楼去了。原本应该是空荡荡的鱼缸里，现在，有一条红色的小鱼围着两根水草，悠然自得地游动着。

薛小姐跑到街上，看着熙熙攘攘的人流，心里稍微踏实一点。天越来越黑，人越来越少，可是，她却不敢再回去了。

她走到一家刀具店门口，鬼使神差地走进去，买了一把贴身的匕首放在包里，感觉有了一点保障。

夜越来越深，商店都开始关门了。薛小姐想回家，又不敢，想找家酒店住，但一个人还是心虚，就这样漫无目的地走在街上。

就在这个时候，薛小姐突然发现有一个男人在后面跟着她。

薛小姐看看四周，路灯昏暗，只有他们两个人。

薛小姐紧张地低头疾走，可是后面那个男人走得比她更快，离她越来越近了。

薛小姐吓得把匕首拔了出来，开始小跑。

后面那个男人跑得更快，没几步就到了薛小姐身后。

薛小姐惊叫一声，回身就捅了一刀。

后面那个男人没有防备，几乎是在薛小姐惊叫的同时痛叫了一声，捂着肚子，半截匕首露在外面，鲜血直涌。他手里的烧烤散落了一地。

后来警察赶到，调查后告诉薛小姐，她捅错人了。那个男人只是刚好和她同路，就住在附近，出来买点烧烤，回去的路上被薛小姐莫名其妙捅伤了。

后来那个男人鉴定下来是重伤，薛小姐的行为属于假想防卫，被以故意伤害罪移送检察院审查起诉。

我看完这个案子的卷宗，吁嗟不已。

我一直怀疑上面的这个鱼缸的故事是薛小姐自己编出来的，目的是为自己减轻罪责。可是，如果这个故事是假的，那薛小姐和那个男人素不相识，确实没有伤害他的理由。又或者，是薛小姐本来就有被害妄想症，而鱼的故事是她空想出来的。

　　不管怎么样，我对这个鱼缸的故事实在太好奇了，终于还是忍不住约了办案的民警一起到了薛小姐的出租屋查看。

　　那个神秘的鱼缸就放在客厅的偏北角，紧挨着沙发。两根水草直直地立着，却是一条鱼也没有了。

　　我也有些害怕了，但还是鼓足勇气和民警一起检查。没想到，竟有意外收获。一个细心的民警在卫生间隐秘的角落搜出一个针孔摄像头。

　　原来，猥琐的房东大叔一直用摄像头偷拍租客洗澡。但是，提讯房东后，他只承认偷拍的事，却一口否认对鱼缸动过手脚。民警很奇怪，连偷拍都认了，为什么不承认对鱼缸动过手脚，难道真的另有其人？

　　房东为了洗清自己，又提供了一个线索。在几段录像中，薛小姐已经上班了，有人偷进过她的房间，但是，因为摄像头是在卫生间，所以只能听到声音，看不到进屋的是谁。

民警调阅了这几段录像，还真是这么回事。

那个偷进房屋的人是谁呢？他这么做的目的是什么？是一个狂热的追求者？还是一个扭曲的心理变态？或只是一个恶作剧？

民警去向羁押在看守所的薛小姐核实，可是，薛小姐也无法确定是谁。可越是不知道是谁，才越想越害怕。

薛小姐的这个案子，我只觉得"细思极恐"。那些我们平时以为记错了的事和变了位置的东西，会不会也都有别的故事呢？

生命的选择

当面对危险的时候，是我们的生命重要，还是别人的生命重要，这是一个简单到无法回答的问题。我下面要说的案子，就是关于这个问题。

案发的那一年，田云二十二岁，刚从大学毕业，青春热情，充满希望。他没有留在读书的大城市，而是陪着女朋友回到她的小县城。那是一个很美的地方，尤其是春天到时，万亩油菜花开，一望无际，风吹花涌，壮如波涛。

就业很顺利，田云的女朋友考到了镇政府工作，而田云应聘到镇里的一所小学，虽然不是正式教师，但也不气馁，反正年轻，只要努力，总会有方向的。

年前的时候，两人抽了一天时间，到山上赏

花，金黄的油茶花从山上层层而下，阳光一照，耀目流金，加上夹在其中的片片桃花，相映成趣，浪漫如斯。田云和女朋友约定，明年花开的时候，两人就结婚，以天地为舞台，用花海作幕布，让环绕的群山和川流作为爱情的见证！

很可惜，这并不是一个浪漫的爱情故事。就在另一个充满希望的、阳光明媚的下午，案件发生了。

那天田云带着班上的学生去春游，就在水库边的草坪上野餐和烧烤。有的挖坑造火，有的打水洗菜，一个个开心的小身影嬉闹忙碌着，生机盎然。

田云叮嘱了几句要注意安全，就让学生们各自活动开了。

蓝天白云，绿水青山，学生们游戏欢笑着，一切都挺好。

突然，岸边吵闹起来。

一个小女生哭喊道："田老师，不好了，李小海和小芋头打起来了。"

田云慌忙站起来看，只见两个学生在水岸边抱着滚打在一起。

田云急忙跑过去拉架。

"不要打了！"田云一边拉住两个人，一边大声喊。

但两个小孩倔得厉害，还在互相厮打。

三个人拉扯着离水库越来越近，突然水库边的泥土一下子松滑，三个人互相带动着全都落到了水里。

三个人落到水里就散开了，各自拍打着水，却离岸边越来越远。

其中叫李小海的学生会游泳，自己慌乱地游到了岸边，被其他同学拉了上去。

但是田云和小芋头不会游泳，两人一边拍水一边往下沉。

这一片水库水有些深，学生们都太小了，围在岸边哭着喊着却没有主意。

这时一个机灵的小女孩突然想到，出发的时候预备了一个救生圈，急忙让力气大的同学朝田云他们丢过去。

这确实是一个救命的救生圈，它刚好被丢到了田云和小芋头的中间。

镜头定格在这里，我们再回到开篇的那个问题：当面对危险的时候，是我们的生命重要，还是别人的生命重要？

如果田云当时不是在水里，而是坐在考场里，而这只是试卷上的一道考题，那么他一定会洋洋洒洒地写上几百字的作文，可是，有时候问题就是这么仓促。

田云当时太年轻，也太绝望了，只有一个落过水的人才能体会那种绝望，四周是无限蔓延过来的水，自己不断往下沉，只想抓住一样东西，哪怕是一根稻草也绝不放过。而现在，救生圈就在眼前，他一把抓住救生圈，拼命往岸边游啊游，游啊游，这短短的几米就是生和死的距离，他脑中只有一个念头："我要活下去！活下去！"

在这短短的几分钟里，他脑中莫名想到女朋友，想到了漫山遍野的油菜花，想到了过往的遗憾和憧憬的未来，想到了自己的一生有可能就这样结束……最后，他游到了岸边。

可是，小芋头沉下去了。

案子以过失致人死亡罪移送到了检察院。

其实这个案子，公安机关立案的时候也很犹豫，田云作为带队的老师，没有尽到安全义务，导致小芋头被淹死，这确实有责任，但当时的情况，田云自身难保，造成这种情况一定程度也值得同情。不过，头痛的是小芋头的父母把棺材抬到学校大闹了一场，如果不立案，实在无法平息舆情，只好立案移送。

我通知田云来讯问的那一天，是女朋友陪他来的。

他走进我的办公室，埋头坐在角落里，女朋友站在门外等。

我看着这个二十来岁的小伙子，知道他最近过得很惨，外面的人一直议论这件事，说他一个老师，竟然和学生抢救生圈，简直丧尽天良。而且小芋头的父母三番五次地上门打闹，他脸上和脖子上的抓痕触目惊心。学校也没有再让他上课，已经把他辞退了。

我叹了一口气，轻声说："其实你并没有做错什么。"

他微微抬起头，用不可思议的目光看着我。

我继续说："你并没有做错，只是没有选对。"

他不明白地皱了皱眉。

我说："我们的生命并不比别人宝贵，同样，也不比别人廉价，所以，当我们面对危险的时候，不论怎么选择，都没有错。可是，你还是犯罪了，因为在这件事上，我们不仅是生命和生命的比较，还有责任。你没有履行你的责任，所以，你必须承担你选择的后果。"

田云看着我，眼睛里突然泛起了泪，忍受了这么久的指责、谩骂、否定，背负着无尽的内疚，短短的时间里，从天堂到地狱，他现在需要的，只是一点点的理解。

我又说："法律有时候惩罚一个人，并不是因为他做错了，而是因为他必须受到惩罚，只有这样，社会秩序才能平衡。法律是维护这个社会运作的基础，是为了让大多数人能够幸福地生活。只是，很遗憾，你刚好成了大多数之外的少数。"

我的这个法律笑话太冷了，冷得田云哭了起来。办公室里只有我们两个人，门关着，他捂着嘴低声抽泣。

讯问笔录做得很顺利，田云出门的时候，突然站在那里，然后郑重地向我鞠了个躬。

我对他善意地笑了笑。我知道一个人，特别是一个犯了罪的人，即使他装得多不在乎，他都希望被理解和肯定。

其实我也不知道自己的这些说法是否合理，我只是觉得，油菜花又要开了，花开的时候，就应该充满希望。

爱情囚徒

晚上十点，我收到一个陌生人的好友邀请，通过后有这么一番对话。

爱情囚徒：请问，是小聪检察官吗？

小聪哥：是的。

爱情囚徒：我有个法律问题想咨询您。

小聪哥：你为什么不去咨询律师？

爱情囚徒：咨询律师要钱。

小聪哥：……对不起，我不提供法律服务。

爱情囚徒：我听朋友说您帅气正直，乐意助人。

小聪哥：你的问题是什么？

爱情囚徒：有什么办法可以让一个人死，又

不受法律追究？

小聪哥：你说什么？

爱情囚徒：我跟丈夫结婚二十年了，我想让他死，你觉得我心理变态吗？

小聪哥：还好，大部分女人都希望丈夫去死，只是没有你这么坦率。不过，我要睡觉了，你重新找个人聊吧。

爱情囚徒：我是认真的。我想找一种既可以让他死，又不受法律追究的方法，你能教我吗？

小聪哥：不能。

爱情囚徒：我尝试过很多方法，但是效果不明显。我给他做油腻的食物，给他买喜欢喝的酒，还怂恿他通宵打麻将。这十多年来，他的身体基本已经垮了，一身虚胖，但让我看着更恶心了，我等不了了，想找个更快的办法。

小聪哥：……我觉得你快成功了，你应该再加把劲。

爱情囚徒：谢谢你的鼓励，我就知道你是一个值得信赖的人。

小聪哥：……你这么恨他，为什么不离婚呢？

爱情囚徒：结婚的时候他承诺过会爱我一辈子，我怎么能让他失信于我。况且他那么爱我，每次我想要离婚，他都会跪着求我，我就会心软。用爱把另一个人囚禁住，这算犯罪吗？

小聪哥：罪无可赦。

爱情囚徒：我也这么想。以前我也爱他，可是后来他变了，不求上进、脾气暴躁、变得油腻，我不允许我爱的人是这个样子。他用爱囚困了我半辈子，我的大好青春都给了他，到了报复的时候了。

小聪哥：真是荡气回肠的爱情。不过我太困了，真的要睡了。

爱情囚徒：谢谢你陪我聊这么久，他也差不多死了。

小聪哥：？你说什么？

爱情囚徒：给你发信息的时候，他刚打完麻将回来，喝得大醉，又吃了些油腻的食物，睡倒在地上，好像是被倒吐出来的东西噎住了。不过，现在已经不动了。

小聪哥：你，在开玩笑？

爱情囚徒：我坐在沙发上跟你微信，他现在就躺在我的脚边。

小聪哥：你是谁，你住在哪里？我现在马上过来！

爱情囚徒：不用了，我刚才摸过鼻息了，已经死了。

小聪哥：你这是犯罪！夫妻双方有相互救助的义务，但你眼睁睁看着他死了，却不救助，这是故意杀人啊！

爱情囚徒：这样啊。那如果我是刚睡觉起来，突然发现他睡在客厅里，人已经死了，那是不是就不构成犯罪了？

小聪哥：理论上，是的。

爱情囚徒：谢谢你，我知道怎么做了。

小聪哥：我是叫你去自首啊！自首啊！大姐！

消息已发送，但被对方拒收了。

（那天晚上，我一夜没有睡着。是真实的？还是只是一个恶作剧？我不禁深思，我们总以为"囚牢"就是电网交织的围墙，其实它无处不在，有时是一份执念，有时是一种欲望，甚至有时只是一份简单的爱情。把自己囚住很容易，要走出来却很难。其实我们每个人手上都有一把可以打开囚门的钥匙，很多时候不是不能离开，只是不愿离开罢了。）

被遗弃的人

天还没有亮，床上的男人正在熟睡，旁边儿童床上三岁的儿子把被子踢得老远，撅着屁股也睡得正香。

阿泉一个人在客厅里，慢慢地拧开一瓶白酒，像祭奠一样地轻轻地沿着屋子倾倒，白酒像蛇一样在地板上游开。

一瓶、二瓶、三瓶……她总共倒了七瓶白酒，屋里弥漫着冲鼻的酒味。

阿泉倒完酒，一个人安静地坐在沙发上，手里拿着打火机，不自觉地开始回顾自己的一生。

她最深刻的记忆是在三岁那一年，是在一个广场，自己一个人站在广场的喷泉前，隔了好久才意识到失去了什么，然后放声大哭。

她原来的父母是谁，长什么样子，现在已经完全记不得了。他们为什么抛弃自己，现在无法得知。她只知道，那种像溺水一样的绝望从此以后就根植在自己的记忆深处。

不过，阿泉比其他被遗弃的孩子要幸运一点，她遇到了现在的父母。那天这对年轻的夫妇捡到了她，认为这是上天赐给他们的礼物，当时喷泉正在绽放，于是取名为"阿泉"。阿泉其实并不喜欢这个名字，因为这个名字时刻在提醒她，她是一个被遗弃的人。

阿泉幸福过一段时间，那段时光像棉花糖一样，又软又甜又温暖，但是，这一切都被出生的妹妹轻而易举地夺走了。

大人们总以为阿泉被遗弃的时候太小，她什么也记不得了。其实，阿泉从未忘记过。所以，她比其他的孩子更珍惜，也更敏感。

阿泉清晰地感觉到父母对自己的态度变得淡漠，原本集中在自己身上的爱，现在逐渐转移到了那个新生的妹妹身上。

随着妹妹的长大，阿泉的危机感越来越强，她努力想夺回属于自己的爱，有时偷偷拿走妹妹的玩具，有时偷偷撕破妹妹的衣裙。每次她跟妹妹抢东西吃，都会被母亲严厉地制止。她很委屈，她其实并不是真的想吃，只是想拿回属于自己的那一份。

她现在仍然清楚地记得，在十五岁的那一年，有一天妹妹站在窗台上吹泡泡，阳光照在她身上，她是那么的耀眼，新裙子在风里轻摆，嘟起的小嘴吹着五彩斑斓的泡泡漫天飞舞。

站在那里的人应该是自己，那种幸福的微笑和彩色的泡泡原本都应该是属于自己的。所有的这一切就这么近在咫尺，仿佛一伸手就可以拿到。

那天，阿泉鬼使神差地朝妹妹慢慢走去，然后，一伸手把妹妹推了下去。

听到妹妹惊恐的尖叫声，阿泉才一下子回过神来。她这才意识到自己闯祸了。她们家住在二楼，她朝楼下看，妹妹满脸是血，不知道伤到哪里，正躺在花坛里尖叫痛哭。

阿泉把自己也吓到了，逃出了家。

之后的一段日子是怎么过的，阿泉有些记不清了，只有车站、人流、垃圾桶、公园等一些模糊的影像拼凑成一段混乱的逃亡记忆。

这段记忆结束的地方，是一个叫"醉梦"的酒吧。十五岁的阿泉换上单薄的衣服，抹上艳妆，开始用虚伪的笑脸和自己的肉体来迎合这个世界。迷乱的灯光和酒精让她痛快地放纵，赤裸的身体和飘舞的钱让她以为自己已经懂得了生活。

那个时候的阿泉有两个愿望，一个愿望是有一天赚够了钱，到一个陌生的城市开一间服装店，过平静安宁的日子；另一个愿望是能够傍上一个有钱人，过着衣食无忧的富裕生活。后来她发现，第二个愿望比第一个容易实现。她在十八岁的时候，被一个四十多岁的男人包养。

现在，这个中年男人就躺上隔壁的床上。这个骗子并没有当初描述的那么有钱，只是一个普通的装修老板。他在另一个地方有一个人老珠黄的妻子，还有一个上小学的儿子。阿泉不在乎这些，只要那个男人能保障自己母子的生活，那个男人在这间房子之外的任何地方干什么都与她无关。

可是，现在她又要被遗弃了。那个男人说要和她分开，给她二十万块钱，让她带着儿子离开。

阿泉又像是回到了那个空荡荡的广场上，人流把她淹没，绝望到窒息。她又想到了自己的妹妹，所有不属于自己的美好，只要轻轻一推，就可以毁灭掉。

如果自己不能得到，那么就同归于尽吧。即使自己早已厌倦了那具肥胖的身体和恶臭的体味，即使他是那样的虚伪、贪婪、无耻，即使自己本就一无所有，但是，绝不允许任何人再抛弃自己。

这么想着，阿泉点燃打火机，轻轻地丢在地上。

火势一下子就蔓延开，阿泉想去把门锁死，这样谁也别想逃出去。走到门边时，她突然听到了儿子的哭声。那哭声如闪电一样划过，阿泉一下子清醒过来，已经燃烧的复仇的欲念猛地被浇灭了。不论自己的人生如何不堪，自己的儿子都是无辜的，他有权利活下去。

火势已经很大了，对儿子的爱胜过了复仇的怨念。阿泉抱着儿子冲出屋子，向外拼命地喊着："来救火啊！来救火啊！"

消防车来的时候，墙体都烧得变形了。那个男人因为被阿泉偷偷喂食了安眠药，被救出来的时候，皮肤严重烧伤。

这个"放火案"证据很充足，很快就移送检察院审查起诉。

我记得去提讯阿泉的那一天下着雪，风直往衣领里灌。

阿泉问我："检察官大哥，你说像我这种一直被遗弃的人，有必要去爱这个世界吗？"

我本来想安慰她说每个人心中都应该充满爱，但是，我回想了一下她的人生，无奈地摇了摇头说："或许这个世界不值得你去爱。不过，如果你一定要恨这个世界的话，我建议换一种方式。它想让你哭的时候，你就假装笑；它想让你放弃的时候，你就假装还在坚持；它想让你绝望的时候，你就假装还有希望。报复这个世界最好的方式，就是让它企图让你软弱、屈服、丧失自我的计划统统落空。你要告诉它，即使它已经掌控了所有的一切，也无法掌控你。"

阿泉用奇怪的眼神看了我半天，然后嘲笑地问："检察官都像你这么能忽悠吗？"

我咧嘴笑道："我是他们中最老实的一个。"

阿泉也笑了："原来不是所有人都那么糟糕。"

我说："你应该多出去走走，你认识的人还太少了。"

阿泉问："我还有机会出去吗？"

我回答说："你忘记我刚才跟你说的了，要假装还有希望。"

阿泉看了我一会儿，轻声说："谢谢。"

这个案子办理得很顺利，阿泉的认罪态度很好，给她认定了自首情节。那个被烧伤的男人在医院里出具了谅解书，不要求鉴定伤情，请求司法机关对阿泉从轻处罚。

开完庭后，老法官把我留下来，问我："你觉得这个案子可以判缓刑吗？"

我说："放火罪没有造成严重后果的，量刑应该在三年以上十年以下有期徒刑。这个案子里还把人烧伤了，缓刑会不会太轻了？"

老法官眯着眼，突然说："小聪，你觉不觉得这个法庭太冷了？"

我环视了一下法庭，空荡荡的房间里国徽高悬在正中，实木的审判台高高在上，法槌冷冰冰地放在那里，没有一丝感情，让人不自觉地肃穆、庄严和敬畏。

我脑中想到了阿泉被遗弃时的无助和绝望，想到了阿泉三岁的儿子现在暂寄在邻居家，父亲烧伤住院，母亲犯罪在押，他会不会也觉得自己被遗弃了呢。

我搓了搓手，对老法官说："是该装个空调了。"

不存在的自首

吕大姐来自首的时候，我以为她在开玩笑，因为她的故意太随意了。她是这么跟我说的：

别看我现在这么黑，其实我年轻的时候皮肤很白，人也漂亮，是县里出了名的美人。你别笑啊，我说的是真的。那个时候我才十九岁，是信用社的营业员，脸蛋嫩，工作又好，每天来偷看我的小伙子都快把门挤塌了，那个时候真好啊！

追我的人虽然多，但当时我看得上眼的只有两个，一个是政府办的黄诚，人长得清秀，还会写诗；一个是派出所的薛小军，英武帅气，雷厉风行。也怪我那个时候年轻幼稚，就喜欢看着他们为我争风吃醋，在黄诚面前，我故意拿出薛小军送我的发卡，说这是薛小军到外地出差的时候精心挑的，真是漂亮；在薛小军面前我故意把黄诚的情诗露出来，惹得薛小军瞪眼。现在想想是有些可笑，不过小姑娘嘛，谁没有这么点虚荣心。

后来两人越斗越狠，有一次黄诚代表县里去乡上检查工作，对派出所各种刁难，听说薛小军气得都掀桌子了；又有一次黄诚宿舍进了贼，但那贼什么也不偷，只把黄诚写的那些诗啊、文啊的稿子偷走了，黄诚怀疑是薛小军指使人做的，但没有证据，也就不了了之了。反正那时候两人闹得水火不容，我看得心里挺高兴。

其实也不怪我，他们各有各的好，我实在不知道选哪一个。如果非要选的话，那时候我应该是偏向黄诚多一点吧。不过正在我犹豫的时候，就出了那件事。

那天是八月十六，月亮挺大的，黄诚约我去水库旁边的山上看月亮。小姑娘嘛，总是喜欢浪漫，于是就去了。到了山上，黄诚就站在那里念写给我的诗，我现在还记得他的样子，那样笔挺，像是站在月亮里一样，声音从天上传来，又被风吹远，我感觉整个人都飘忽了。我当时挺感动的，就让他拉了手。他也激动了，说会爱我一辈子。

本来事情好好的，可是后来竟然吵起来了。好像当时他看到我戴着薛小军送的发卡，就指着说："把这发卡扔了，我重新给你买一个更漂亮的。"他一说发卡，我就想起薛小军了，气氛一下就不对了。也许是拧习惯了，我当时顺口就说："我就喜欢这个发卡。"说完我也有些后悔，好好的一场约会，这么吵起来就没劲了。当时黄诚有些急眼了，竟然要来抢发卡。我一下子就不乐意了，护着发卡，也倔起来，"我不仅喜欢发卡，我还喜欢送发卡的人，你管得着吗？"黄诚气极了，抢得更厉害了。我当时不知道哪来的劲，猛地推了他一把。他被推得往后退了几步，踩滑了就从山坡上滚下去了。那个坡有些陡，我爬到边上喊黄诚，但林子太密了，什么也看不到。我又急又怕，哭着跑回城了。当时我吓坏了，回城第一时间想到了薛小军，跑去跟他说了这件事。薛小军一听，骑着自行车就往我说的山那里冲去了。

半夜的时候薛小军回来了，他问我是不是我把黄诚推下去的，我说是。他摇了摇头说，人摔死了，现在只有两条路了，一条是去自首，另一条是跑路。我当时就吓蒙了，只知道哭。薛小军看了看我，然后什么也没说，收拾了一下东西，对我说："走吧，天涯海角我陪着你。"然后，我们就一起跑了。

后来我们一路朝西边走，想着越远越好。再后来，我们走了很多地方，也累了，就在一个小镇停了下来，租了几间房开起了旅馆。

这一跑就是二十年。老薛说刑事案件有追诉时效，最长是二十年，也就是过了二十年就不追究了。现在时间已经满了，我就想着回来看看，不管怎么样，是我对不起黄诚，总得有个说法。本来我让老薛跟我一起来的，这老家伙不知道怎么了，怪怪的，走之前还对我说，回来看看也好，要是我愿意回去，他还在那里等我，等一辈子；如果我不愿意回去了，他也不怪我。这是什么话。

听着吕大姐讲完她的故事，我心里有点惋惜。

本来是一个电视剧套路一样的三角恋情，最后演变成亡命天涯。我把吕大姐的供述作成笔录，然后把吕大姐和笔录一起移交给公安局。

让我没想到的是，移交过去才几个小时，公安局那边就回复了："张检，刚才你移过来自首那个人，我们放了。"

我有些诧异，虽然追诉时效过了，但好歹是个命案，怎么这么草率。但也没办法，只好无奈地说："诉讼时效过了，确实也定不了罪。"

公安局那边笑了，说："不是这个原因。我们查了一下，黄诚没有死。"

"什么？"我脑子一下子转不过来。"你确定是同一个黄诚吗？"

公安局那边说："确定。黄乡长你认识吗？就是他了。"

黄乡长我认识啊，大家都叫他"铁乡长"，因为他一条腿有点瘸，开始大家叫他"铁拐李"，后来当了乡长，是个实干的人，作风硬派，为老百姓做了不少好事，大家于是就改口叫他"铁乡长"。

"你们核实过了吗？"我不放心又问了一句。

公安局那边说："核实过了，黄乡长说那年是他自己不小心从山上摔下去，后来派出所的薛小军把他背到医院，人救过来了，腿摔瘸了一条。他还问我们为什么核查这件事，我们说是群众举报，核实一下。他还怪我们多事。"

挂了电话，我只觉得哭笑不得。吕大姐逃了二十年，竟然是因为一桩不存在的命案。逃避和面对哪一样付出的代价更大，有时确实很难说清楚。难怪薛小军会对吕大姐说那样的话，他骗了吕大姐整整二十年，我实在无法想象吕大姐得知真相时候的表情。

我把事情跟办公室的同事八卦了一下。我问小杨："如果一个人骗了你二十年，你会原谅他吗？"

小杨说："我会跟他拼命。"

旁边的文员小女生阿静说："如果有一个人因为爱我而愿意亡命天涯，即使骗我也是可以原谅的。"

我苦笑着摇了摇头。对吕大姐来说真是一个痛苦的选择啊。那个一直感激并爱着的人，原来一直在骗自己，如果当初没有亡命天涯，现在又会和谁在一起？去憎恨，或原谅，或继续去爱，哪一个选择会更好呢？

我看着窗外，仿佛看到了在遥远而广阔的原野上，坐落着一个不起眼的小镇，在小镇边缘的地方有一个小旅馆，一个黝黑坚毅的男人坐在门边，抽着烟，一直看着远方默默地等待。

规则之外

人们都有一种奇怪的心理，既希望自己有超越规则的特权，又希望别人都束缚于规则之中。正是这种心理的驱使，从古至今，人们不断地寻找着超越规则的方法，其中最为常见的一种就是"送礼"。我没有想到，有一天我也有这种待遇。

刘奶奶不知道怎么找到了我的住处，躲在门外，心虚地隐在灯光射不到的阴影里，怯怯地递给我一个黑色的塑料袋。

我一看塑料袋的外形就知道里面是两条烟。我知道她是为了她儿子陈家强的案子来说情。

刘奶奶紧张又神秘的表情把我也引得心虚起来。

我的心在狂跳，生怕刚好有人路过看到，压

低声音说："刘奶奶，你快回去吧，我不会收的。"

刘奶奶一边作揖，一边念叨："求求你，求求你……"

正僵持不下，刘奶奶突然把塑料袋往我的屋里一扔，转身急慌慌地走了。

看得出来，她从来没有送过礼，又害怕又紧张，连手法都这么直接。为了自己的儿子，她还是铤而走险地豁出老脸拼一回。

我被吓得跳了起来，转身去捡烟，惊得拖鞋都掉了。等我穿上鞋追下楼的时候，刘奶奶已经走到了人行道上。

刚好有两个行人迎面走来，我尴尬地站在小区门口，看着雾雨中刘奶奶佝偻着急行的背影，只觉得又是好笑又是心酸。

我苦笑一下，没有再追上去。

晚上睡觉的时候，我总觉得心慌得厉害，梦到那两条烟趁我睡着自己烧了起来。吓醒后就一直没睡着，翻来覆去熬到天亮。

第二天我把两条烟交给院里的纪检组，心里

稍微踏实一些，可是，另一个更大的问题摆在了我面前，我该怎么面对陈家强这个案子？

陈家强的案子本来争议就很大，现在那两条烟就像两根刺一样卡在我的心里，让我觉得不论作出什么决定都被它影响了，有一种被强迫的难受。

陈家强的案件经过是这样的。

陈家强今年四十五岁了，脾气有些暴躁，因为喝醉了酒会打老婆，所以自从三十八岁把老婆打跑后，就一直单身。案发那一天，陈家强去二舅家喝酒，他二舅也嘴欠，喝多了的时候开了句玩笑："家强，你老婆怕是在外面给你生了一堆娃了。"然后大家一起哄笑。

这正好刺到陈家强的痛处，站起来就指着二舅骂道："狗东西，信不信我把你家炸掉。"

二舅正笑着得意呢，斜看着他说："有种来炸。"

这么一说就不得了了，陈家强转身就怒冲冲地走了。他家里真有两根雷管，那是他到矿上做工的时候偷偷拿回来的。

陈家强满肚子的火，拿着两根雷管就朝二舅家来了。不过，人毕竟是有理性的，陈家强本来想把雷管往二舅家里丢，但一想到屋里那么多人，还有舅母、堂兄、小侄女，炸伤了谁都不是闹着玩的。

这么想着，他的脚步稍微慢了一点。但是，二舅太气人，而且已经把话说到这份上了，不闹出点动静，以后这脸还往哪里搁。特别是二舅最后说话的表情，让陈家强羞愤难当，借着酒劲又坚定地朝二舅家走去。

到了二舅家门口，陈家强一手举着雷管，一手拿着打火机，扯着嗓子喊道："都给我出来，今天我就炸给你们看。"

二舅一家人一下子涌出来，舅母看到这仗势，吓得大叫一声又缩了回去。

二舅也慌了，赔笑道："家强你干什么，刚才二舅开个玩笑，你不要瞎闹了。"

陈家强见二舅服软，心里顿时有些得意。但

得意就容易忘形，他冷笑着把打火机点燃了。

二舅顿时脸都吓白了，酒也醒了大半，又急又怒地说："快放下，会死人的。"

陈家强见大家害怕的样子，怒气也消了大半。那怎么收尾呢？总不能就这样回去吧。来都来了，干脆就教训一下他们吧。

陈家强扫视了一下四周，看到二舅家旁边有条小路，先点了一根雷管，扔到路边，"轰"的一声炸倒了一片草丛。

屋里的舅母回应式地惨叫了一声"啊"！

陈家强心里愉悦无比，又点燃一根雷管扔到屋边的荒地上。"轰"的一声又炸了，吓得猪圈里的猪"嗷嗷"乱叫。

陈家强觉得今天畅快无比，大获全胜，转身醉悠悠地回家睡觉了。

二舅吓得愣了一会儿，看着一片狼藉的现场，怒火中烧，打电话报了警。

派出所的民警把整件事情调查后，以"爆炸罪"将案子移送到检察院审查起诉。

　　这个案子争议很大，因为爆炸罪是危险犯，需要危害到公共安全，也即不特定多数人的生命、健康或重大公私财产的安全。而这个案子里，虽然陈家强有爆炸的行为，但是陈家强二舅家是在村子边上，有些偏僻，雷管爆炸的那条小路平时只有上山做活的村民会偶尔经过，而那个时间点已经是傍晚了，几乎不会有人路过。于是两种完全相反的意见产生了。

　　第一种意见认为，陈家强二舅家旁边的小路虽然偏僻，但毕竟是公共道路，虽然当时没有人经过，但是平时有人经过。危险犯是指有危险的行为发生就构成犯罪，不必要非要真的炸伤了人。因此，陈家强的行为具有危害公共安全的危险性，构成爆炸罪。

　　第二种意见认为，那条小路虽然平时有人走，但是处于村子的郊外，结合当天的实际情况，时间已经晚了，基本不会有人路过，而且陈家强点燃雷管后都是朝着没有人的空地上扔，主观上也没有伤害他人的故意，因此，不能认定其构成爆炸罪。

本来呢，作为案件的承办人，我是主张第二种意见，也就是陈家强不构成爆炸罪的。但是，现在那两条烟让我很为难了。如果我坚持我的意见，别人会怎么想我？

我郁闷地在审查报告最后的结论部分，先写上"不构成犯罪"，但我感觉每一个出入办公室的人都在用眼神猜疑我，"那小子收了礼了"。我悄悄地把"不构成犯罪"那几个字删掉，打上"构成爆炸罪"，但是怎么看怎么刺眼，又把它删了。就这样写了又删，删了又写，我在办公室纠结了整整一天。

天黑得很快，我坐在办公室里心乱如麻。

来加班的老科长看我趴在桌子上，支着个脑袋闷闷不乐，问道："遇到什么难题了？"

我把事情跟他说了一遍，他听完就笑了。

他问我："一个公平的决定应该是什么样子的？"

我想了想说："遵循法律，再无其他。"

他问："那可以因为两条烟把你认为无罪的人视为犯罪吗？"

我说："不能。可是别人会以为我收了礼才放纵罪犯的。"

老科长笑着继续问："一个公正的决定，跟别人的想法有关吗？"

我愣了一下，豁然开朗！对啊，一个公正的决定只遵循证据和法律，只遵循内心的良知，与半夜站在我门外的刘奶奶无关，与那两条烟无关，与别人怎么看我也无关。

我轻松地写下"不构成犯罪"的意见，然后锁门回家。

最后，我的意见通过了，检察院对陈家强作出不起诉决定。

我打电话通知刘奶奶来办公室。

刘奶奶拿到决定书的时候，千恩万谢，但我总觉得她看我的眼神里多了两分神秘的暗示，那笑容里分明是在宣扬："那两条烟还是蛮有作用的嘛。"

　　我苦笑不已，也许这就是司法者最大的悲哀，不论我们如何坚守正义，人们总觉得一条烟、一瓶酒、一个人情的作用会更大。有时候我们被质疑，有时候我们被感恩，人们把自己的臆想强加在我们的决定里，然后，我们就成了他们想象的那种人，越看越像，不容解释。

　　我去看守所释放陈家强的时候，把从纪检组申请回来的那两条烟递给他，说是他母亲给他买的，暂放在我这。

　　出看守所的时候，陈家强突然把头探进我的车窗，神秘兮兮地小声说："谢谢检察官，这两条烟就算我的一点心意。"说完，把烟丢进车里，落荒而走。

　　我只觉得一口气喘不上来，看着丢在车后座上的两条烟，无奈地骂道："又要报告一回了！"

衣柜里的女人

在看守所的讯问室里，黄泽问我："我的妻子来看我了吗？"

本来这是一个很简单的问题，但是我突然打了一个冷战，心里觉得莫名的恐惧。我知道这么说，你们会觉得有些奇怪。如果你们耐心看完下面的故事，就能体会我的感受了。

……

事情要从黄泽的女儿被车撞死的那一天开始说起。

那一天，妻子打电话告诉黄泽，女儿被撞死了，然后，一切就开始失控了。

肇事的女司机被指控犯"交通肇事罪"，黄泽在网上搜了这个罪名，量刑档次是三年以下有期徒刑，三年换一生，黄泽觉得不公平。

"我女儿只有五岁，她做错了什么？"黄泽在法庭上吼出这句话的时候，肇事的那个红衣女司机把头埋得很低，一副楚楚可怜的样子。

黄泽一点也不原谅她，因为他知道，那个女人只是在演戏，为了博得法官的同情。最后，那个女人成功，判决她赔偿五十万元，有期徒刑一年，缓刑两年。

黄泽无法接受这样的判决。他并不需要那五十万，他只需要能每天回家看到女儿，轻轻地抱着她，和她头碰头地冲着对方吐舌头。可他已经不可能得到这些了，他只得到了五十万，然后，看着那个女人轻盈地扭动着走出法院。

黄泽想报复那个女人，但是他太懦弱了，只是看着那个女人婀娜的背影慢慢远离，愤怒却无奈地蹲在地上哭成一团。

人总会因为某些事情而改变。

从那一天开始，黄泽变得有些奇怪，他经常短暂性的失忆，记不起自己做过什么，但是，周围的人看他的眼神越来越不对劲，开始是有些同情和厌恶，后面带着恐惧。

黄泽开始在不同的地方清醒过来。一次，他发现自己穿着拖鞋站在街上，不知道要去哪里。一次，他发现自己站在商店前，用手砸烂了橱窗玻璃，血正顺着手在滴。一次，他发现自己被关在派出所，后来才知道，他站在那个肇事女司机家的别墅门口，就那么阴森地站了大半夜，对方发现时吓得报了警……

这些症状刚出现的时候，黄泽有些害怕，但他慢慢地发现，在他失忆的那段时间里，另一个自己在做着他想做却不敢做的事，这种感觉既神秘又痛快。于是，他越来越顺从，甚至是渴望那个自己出现。

慢慢地，这种神秘的快感已经无法满足他的需求，因为另一个自己在借着他的身体报复着、发泄着、满足着，而他完全记不起来这一切。他需要切切实实的快感。终于，他把目光看向了自己的妻子。

　　他买来和肇事女司机同款的衣服和鞋子，让妻子穿上，幻想妻子就是那个女司机，用尽各种方式折磨她、凌辱她、殴打她，这种感觉像吸毒一样让他癫狂而满足。

　　他的妻子本就是一个很温顺的人，又觉得女儿的死是因为自己的疏忽造成的，于是，默默地忍受着，像是在赎罪。

　　事情终于扭曲地发展到了案发的那一天。那一天，黄泽醒来的时候，脑中有一个模糊却又挥之不去的声音，好像听见那个肇事女司机慵懒而傲慢地说："其实那天我是故意撞死那个小女孩的，不为什么，就是心情不好。"这个声音一遍又一遍地在他脑中重复着，他分不清到底是自己真实听到的，还是自己梦到的。不管是哪一种，黄泽觉得不重要了，因为他知道，自己必须杀死那个女人了。

　　他需要另一个自己出现，他不知道怎么唤醒他，但他知道，只要自己渴望，他就一定会出现。于是，那一天他一边诅咒渴望着，一边大口大口地喝着酒，直到醉倒。

醒来的时候，他只觉得头痛欲裂，自己斜躺在家里卧室的床上。

发生了什么，他记不得了。他坐了起来，看到地上淌满了血，血中斜着一只高跟鞋。血是从衣柜里流出来的，衣柜角还夹着一截红色的衣裙，门半掩着，从夹缝里看进去，可以看到衣柜里蜷着一个女人。

那个女人背朝外面，看不见脸。她是谁？是那个红衣女司机，还是自己的妻子？

黄泽恍惚地坐了一会儿，站起身来，关上了柜子。

……

"我妻子来看过我了吗？"黄泽又问了我一遍。

我看着黄泽病态的脸，摇了摇头。

他有些失望地看着地面，喃喃说道："如果你见到她，帮我转告她，我原谅她了。"

我有点恶心，看着卷宗里的尸检报告，又看

据库

据库

了一眼黄泽。

　　那个衣柜里的女人是谁，我应该告诉他答案吗？或许不需要了，他选择了自己的答案。很多时候，我们都习惯了活在自己编织的世界里，因为只有这样，我们才有勇气活下去。不管多么的卑微、无耻或癫狂，只要还活着一天，就要寻找希望。

　　我合上卷宗，回答他说："好的。"

为了遗忘的原谅

　　今天收获不错，陈漠看着在水塘里摸到的小半桶虾，志得意满地走回了岸上。

　　"小泥巴，你在哪里，快来看小叔摸的虾，一会儿我们去山后烤吃。"陈漠兴高采烈地喊着。

　　但是，喊了十几声都没有回应，陈漠隐隐觉得有些不对劲了。小泥巴只有三岁半，是陈漠大哥家的儿子。大哥死后，嫂子出门打工了，小泥巴养在家里，自己每天闲着没事就骑着摩托车带他到处捞鱼摸虾。

　　刚刚还在水塘边的啊，自己下水之前还叮嘱他不要乱跑，这荒山野外的跑丢了不好找。

　　"又乱跑！"陈漠皱着眉，提着水桶沿着水塘一边喊一边找。

找了差不多五百多米，陈漠猛地看到有一个小孩浮在另一个水塘里。

他脑子轰的一下炸了，丢掉水桶，连滚带爬地朝另一个水塘冲去。

他从水塘里抱起那个小孩，果然就是小泥巴，脸已经乌青浮肿。

"小泥巴！小泥巴！"陈漠慌了神，抱着小泥巴跪在水塘边，带着哭腔喊个不停。

一个去山上种庄稼的老头刚好路过，对陈漠说："小伙子，不要哭了，已经死掉了。"

陈漠抱着小泥巴恍恍惚惚往回走。老头叹了一口气，摇了摇头走了。

后来的事情就不知道了，因为陈漠骑摩托车回家的路上出了车祸，刚好头也被撞了，他说自己什么也记不得了。医生也拿不准，说有这种可能。

问题是，车祸的时候，陈漠一个人骑着摩托车，小泥巴的尸体并不在车上，尸体到哪里去了？

这个案子很快移送到检察院审查。一个没有

尸体的过失致人死亡案，着实让人头疼。

没有尸体，那怎么证实小泥巴死了，死因是什么？公安机关调取了当天的路段监控。从路上的监控，确实看到下午一点的时候，陈漠带着小泥巴向山上的方向去了，下午三点半的时候，陈漠骑着摩托车一个人回城，车上只有他一个人，然后神情恍惚地撞上了一辆直行的面包车。

公安机关也找到那个过路的老头，他也证实了从山上下来的时候，远远看到陈漠冲到水塘里救那小孩，等他走下山，那个小孩已经死了。

有了监控录像和老头的证言，虽然一直没有找到小泥巴的尸体，但是，我还是决定以过失致人死亡罪向法院起诉，因为即使小泥巴是自己失足淹死的，陈漠作为临时监护人，没有充分尽到安全保障义务，也应该对小泥巴的死亡承担过失责任。

起诉以后，法院收到了小泥巴母亲的谅解书。我很诧异，因为之前小泥巴的母亲情绪一度失控，说小泥巴是被陈漠杀死的，好几次来我办公室哭闹说是故意杀人，让我们严惩。她态度的突然转变，让我不禁有些怀疑。

我给小泥巴母亲打了电话，问她："那个谅解书是你自愿的吗？"

电话那头沉默了一下，疲惫而无助地说："不写谅解书他们家就不赔我钱。我一个外地女人，丈夫也死了，儿子也死了，哭也哭过了，闹也闹过了，又能怎么样。拿点钱，还可以有点补偿。以后我再也不会回这里来了，这里也不是我的家了……"

我听着她絮絮叨叨地说了很多，没有打断她，只觉得电话那头只是一个可怜的女人。她无力地控诉着生活让她失去的一切，又无助地向生活妥协。

法院开庭的时候，陈漠坐在被告席上，低着头，仍然是一副茫然而无辜的样子。他是真的记不起来了，还是假装的，不论是哪一种，我都不会让他逃脱罪责。

整个庭审中，我只问了他一个问题："小泥巴的尸体在哪里？"

他眼神闪烁了一下，还是摇了摇头说："我真的不记得了。"

我最后的一丝侥幸也没有了。

我看着陈漠，突然想到了那份谅解书。也许，这世界上并没有那么多真正的谅解，那些被我们憎恨的、厌恶的人依然心安理得地活着，我们的原谅，只是放过我们自己罢了。

开完庭的那天晚上，我做了一个梦。我梦见自己站在水塘边，身边坐着一个小男孩。

那个小男孩问我："为什么小叔还不来接我回家，我是不是被他忘记了？"

我犹豫了一下，说道："他会想起来的。"

小男孩呜呜地大哭了起来。

我安慰他说："不要哭了，我们一定会找到你的。"

他扭头看着我，稚嫩的脸上挂着泪水，奶声说："说话算话。"

我点了点头，说："说话算话。"

他站起身，依依不舍地朝山上走去，边走边

回头说："说话算话啊！"

　　我心里很难受，但脸上一直挂着微笑，坚定地朝他挥手道："说话算话。"

　　小男孩又高兴了起来，转身走进树林里，然后消失不见了。

一桩令人欣慰的犯罪

　　我从来不觉得犯罪是一件正确的事情，但是，我下面要说的这个案子与正确或错误无关，我只能说，这是我遇到的最欣慰的一次犯罪。是的，你没有听错，不是憎恨，也不是反对，当然更不是支持，只是欣慰！

　　事情是这样的。

　　王小丽二十五岁的时候嫁给了隔壁村的李一猛。结婚那天又开心又羞涩，全村的人都去看了，觉得李一猛这小伙子精神、强壮，王小丽的家人都满意得裂开了嘴。

　　第一年挺美满的，夫妻相敬，还算和谐。

　　第二年，王小丽生了个女儿。李一猛有点不高兴了，总阴着个脸，回家冷淡一点，王小丽也不敢说什么，是自己没有生好。

第三年，又是一个女儿。李一猛变脸了，整天出去喝酒，回家骂骂咧咧的，怪祖坟不好。

第四年，又是一个女儿。天塌了！回家就是一顿打，你会不会生，我李家要在你这里断后了？骂得左邻右舍都听见了，稍微赚回点面子。

打，往死里打，谁让你只会生女儿。三个女儿，大的哭，小的呆，抱在怀里的不敢有动静。

王小丽整天求饶，有两次实在忍不住了，跑回了娘家。娘家一味埋怨，你不争气，只会生女儿，只能忍忍了。王小丽只有又抱着满岁的女儿挣扎着回到只有一张床的屋子里，两个女儿一声不敢说地跟着。

有一天，李一猛打王小丽的时候，二女儿说了一声："爸，你不要打我妈！"一巴掌过去，二女儿被甩到了墙角，满脸是血。王小丽嘶喊着抱到医院，晚了，瞎了一只眼。

李一猛第二天在村里说："看到没，敢顶老子的嘴，瞎了白瞎，老子家的人，老子说了算。"

就这么过了五年，王小丽被打得麻木了，每次被打，她都尽量离女儿们远远的，这是她能为她们做的唯一的事。几年下来，肋骨断了几次，身上的大小瘀伤已经数不过来了，每天见到李一猛回家，手就习惯性地发抖。有几次想趁李一猛出门的时候，干脆一根绳子吊死在房梁上算了，但一想到三个女儿，又忍不下心，只能这么恐惧而绝望地拖着。

突然有一天，李一猛心情大好，抱着一个碗回到家，小心地从怀里掏出来，说："这是捡来的古董，这辈子翻身就靠它了。"那天晚上，小酒美滋滋的，竟然还给三个女儿买了一把糖，从来没有过的温柔。

隔天，李一猛去城里找买家，用手机照了几张碗的照片，小心地装在口袋里，骑着摩托车，风清气爽，哼着小调，一眨眼就只见背影了。

也是命到了，王小丽在屋外洗菜的时候，听见屋里"乒乓"一声，跑进去一看，我的天啊！二女儿不小心，把那个碗摔了！

王小丽脑子一片空白，这一次真是闯了天大的祸了！李一猛回来，即使自己愿意抵命，他怕是也会把二女儿打死的。逃命啊，逃去哪里？娘家也不敢管，跑去哪里也是一个死！

王小丽把买来的老鼠药倒在碗里，分成三份，抱成一团，等着李一猛回家。反正也是死了，娘四个，就死一起吧。

等了一晚上，像熬过了一辈子，王小丽头发又白了半边。门开的一瞬间，娘几个放声哭成一团。

但是，进来的，不是李一猛。进来那个人，只带来一个消息："李一猛，死了！"

原来头天晚上，李一猛喝过酒，骑着摩托，一歪一扭地飞驰着回家。在岔路口的时候，一辆小轿车没有刹住，把李一猛撞得血肉模糊，当场就死了。

小轿车的司机走下车，吓得腿也软了，一下子跪在那里。然后，警察来，救护车来，乱成一团。

办这个案子的时候，我刚到检察院工作，觉得我跟犯罪不共戴天，板着脸看完卷宗。

看完之后，心里有些同情司机。那个司机那天给三岁的女儿买了礼物，兴高采烈地开着车回家，也喝了一点酒，到路口的时候"砰"的一声，然后，看到被自己撞飞的摩托车，整个世界都坍塌了。

又后来，我了解到死者李一猛家的情况，心里竟然有些轻松，一次交通事故，无意中救了王小丽母女几个人。本来是一桩犯罪，但现在，看着卷宗里肇事司机的照片，竟多几分顺眼。

我翻完卷宗，通知那个司机来检察院做笔录，本来一直死鱼脸的我，那天对司机挤出一丝笑容，说了一声："请这边坐。"

司机颤抖着递给我一支烟，我竟然接了。其实我是不抽烟的，我只是想让他心里好过一点。

后来这个案子，我建议从轻处罚，虽然王小丽她们的情况不能成为从轻处罚的理由，但是，我就是希望对那个司机处罚轻些，这个建议某种程度上来说，无关法律，却关乎正义。

那个案子，最后司机构成交通肇事罪，判了有期徒刑一年，缓刑一年。

那个司机倾其所有，赔了王小丽母女三十五万。

调解的那天我在，王小丽从三十五万中，拿出五万，还了回去，然后竟然跪倒在地上说："谢谢你，大哥。"感谢一个撞死自己丈夫的人，虽然听上去有些奇怪，但在场的人却都会心地笑了。

后来，王小丽拿着那三十万块钱，开了一个水果店。三个女儿，在店里忙进忙出，过上像每个童话故事里在结局的时候都要说的那种"幸福快乐的生活"。

有一天，我路过那个水果店，那个瞎了一只眼的二女儿拉着我说："检察官叔叔，我请你吃水果，这个梨子，好甜呢。"

我笑着说，我不要你的梨子，我要买这边新鲜的苹果。

她突然捂着苹果说："不行呢，检察官叔叔，这几个苹果我不卖。"

我拿起苹果诧异地问："这么新鲜的苹果，为什么不卖？"

她说："这几个苹果，是我留给罗叔叔的。"

罗叔叔，就是那个司机。

我小心地把苹果放回去，笑着说："好嘛，我就要这个梨子了。"

那一天，我拿着一个梨子，笑得有些莫名其妙。

漏网之鱼

彭小春只有十六岁，他问哥哥："我们能不能不再偷了？"

哥哥彭大春十九岁，他说："再偷几次吧，最近奶奶的病有点重，我们再凑点钱给她买点药，就去找点别的事情做。"

彭小春很高兴，只要再偷几次，就可以不再过这种担惊受怕的日子了。

可是，再一次作案的时候，他们就失手了。

偷东西其实也是有"讲究"的，一般不会什么都偷。有的专偷牛马，有的专砸车窗，有的专门入户，有的专门在闹市扒窃，一是容易把"手艺"做精，二是风险相对降低。彭小春和彭大春专门入户盗窃。一般彭小春在外放风，彭大春进屋作案。

那一天刚入夜，他们来到一家居民楼，见二楼没有开灯，于是决定去偷这一家。

彭小春在楼下观察着情况，彭大春顺着管道爬进去。

运气很好，彭大春很快就凭经验从抽屉里翻出五百块钱。他很高兴，继续翻找着，想多偷一点。

突然，背后一声暴吼："你是谁？在干什么？"

原来屋里有人，估计是刚睡起来。

彭大春吓得脸色惨白，马上往门口冲。

但屋主人是个四十多岁的中年男子，身体很壮，离门又近，先冲去反锁住门，然后转身抱住彭大春。

彭大春身体有些瘦弱，与屋主人扭打了几下，被按倒在地。最后，他不知道哪里来的力气，猛地把屋主人掀翻在地，冲到窗前，把口袋里的五百块钱捏成一团丢了出去。

钱刚被丢出窗子，彭大春就被屋主人从后面

赶上来压倒在地。

彭大春对着窗子喊道："快去买药！以后不要再偷了！"

彭小春吓呆了，捡起钱，看了一眼窗户，哭着跑了。

这个案子很快就送到检察院审查起诉。

彭大春虽然开始是入户盗窃，但是，他后来暴力反抗，转化成抢劫罪，于是变成了入户抢劫，量刑档次在十年以上有期徒刑。

彭大春被抓以后，一口咬定是自己一个人作案。但是，屋主人证实彭大春向屋外喊话，而且丢出去的钱后来去找也找不到了，这个案子，分明还有一个同伙。

我看完案子后，看卷宗上公安机关的办案民警叫庄烈。这个小伙子岁数和我差不多，三十不到，人很精干，为人也正直，所以我们平时关系很好。

我打电话给庄烈说："老烈，彭大春这个抢劫案明明还有一个同伙啊，没有抓到吗？"

　　庄烈这次有些反常，在电话那头犹豫了一下，然后说："聪哥，倒是有一个怀疑对象，你有空的话，我们一起去看一下。"

　　我感觉很奇怪，通常排查抓人这些事情我们是不参与的，但既然庄烈这么说了，那应该有他的道理，于是我也就答应了。

　　庄烈最后还特意让我不要穿制服，再带点钱。我更好奇了，什么情况搞得这么神神秘秘的。

　　第二天，庄烈开着他的二手轿车，带着我出了城，穿过一个村子，又往山上爬，路又窄又急，有两次来了对头车，几乎是擦身而过，吓出我一身冷汗。

　　我有些情绪了，"什么情况啊，这荒山野岭的去哪啊？"

　　庄烈赔笑道："聪哥你不知道，彭大春家住得太偏了，我也是来一次怕一次。"

　　我不乐意了，"去彭大春家干什么啊，不是去排查漏犯吗？"

　　庄烈说："我怀疑是他弟弟彭小春。"

原来是这样啊，我缓和很多，"兄弟俩作案啊，那这次不是一锅端了。他们家里还有什么人啊？"

庄烈说："父母外出打工就没再回来，兄弟两个是他们奶奶拉扯大的。家里没别人了。"

听到这里，我皱了皱眉，说："那兄弟俩都被抓了，老太太要着急了。"

庄烈说："不会着急，会死。"

我吓了一跳，扭头看着庄烈严肃的侧脸，不像在开玩笑，于是，没有再说话了。

车开到半山腰就没有完整的路了，只能停在路边。我们下了车，庄烈带着我深一脚浅一脚地来到山上的一个小村子里。我目测了一下，这个村子大概也就十几户人吧。

我们到了其中的一户门口，三间小屋又黑又矮，屋外用木枝围了一圈场院，场院里有一只鸡在泥地里随意地走着。

庄烈带着我走进第一间屋子，我走进屋子的时候，脑子中不自觉地冒出一个成语"一贫如洗"。屋子里只有一张桌子，旁边是一个旧得已经塌陷下去的小沙发。角落里一个小伙子蜷坐在一个板凳上，一直埋着头。

庄烈喊了他一声："彭小春。"

那个小伙子怯怯地抬起一半的头，满脸敬畏地看着我。

庄烈指了指旁边的房屋，带着我走进去。

刚一走进去，一股腐臭味便扑面而来。我呛得差点吐出来，强忍着看过去，屋里只有一张床，床头有一张小桌子，桌上摆满了各种药瓶和药盒子。床上躺着一个血液像被抽干了的老人，身上盖着一床黑红色的厚被子。

那老人呻吟着问："是谁来了？"

庄烈迎上去说："奶奶，我是上次来过的庄烈。"

那老人身子动了一下，又问："庄烈啊，大春什么时候回来啊？"

庄烈尴尬地看了我一下，俯到床边说："奶奶，大春在外面找到工作了，一下子回不来了。他让我们来看您，还给您寄钱回来了。"

　　庄烈说着，回头向我使眼色。我这才回过神来，原来庄烈让我带钱是这个原因，顿时有种上当的感觉。

　　我走到床边，狠狠瞪了庄烈一眼，但已经到这份上了，只能配合着他，从口袋里拿出五百块钱，放在床头说："奶奶，这是大春给您寄的五百块钱。"

　　走近我才看清楚，老人两个眼瞳都是白的，已经瞎了。

　　老人干瘪的脸上褶皱出一丝笑容，幸福地说："找到工作了啊，有出息了，还寄钱回来，比他爹妈孝顺。"

　　我听得心里抽搐了一下。

　　庄烈无奈朝我苦笑一下，然后说："奶奶，您休息，我们改天再来看您。"

　　老人连连点头说："好，好，告诉大春在外面好好干，不要念我。"

　　庄烈说："知道了。"

　　我们走出老人的房间，彭小春躲在门边，眼

神已经没有刚才那么警惕了，还有一丝感激。

庄烈朝彭小春招了招手，我们三个人一起走出屋来。

我们一直走到村口的山边，天有点阴，风吹在身上冷飕飕的。

三个人站在那里，彭小春低着头，庄烈看着我。

我想了想，问彭小春："你哥哥抢劫的事，你参与了没有？"

彭小春小声说："没，没参与。"

我厉声又问了一遍："要如实说，到底参与了没有？"

彭小春看了一眼庄烈，紧张地又说了一遍："没参与。"

我如释重负地松了一口气，朝庄烈说："我问完了，你还有什么要问的吗？"

庄烈狡黠地笑着说："我没有什么要问的。"

我对彭小春说："你哥哥的同伙，只要他再犯案，我们一定会抓住他。每个人都有选择的权利，不要选错路，做一个有出息的人，照顾好你奶奶。"

彭小春哭着点头。

我和庄烈走到山腰，开着车离开。我回头看了一眼，山顶上彭小春站在那里目送我们。那个身影是那样的单薄，像是一阵风就可以吹走。

我看着远天，不禁想：不论怎样，我们总是可以选择的，我们现在拥有的东西决定了我们的起点，我们的选择决定着我们的终点。并不是每个人都有那么多的机会，但当机会来的时候，希望每个人都不再选错。

庄烈开着车，看着前方问："聪哥，你说什么是'法网恢恢，疏而不漏'？"

我说："你竟然相信这个。你当了这么多年警察，每个案子都破掉了吗？每个犯人都抓到了吗？对于我们执法者来说，法网就是心网，问心无愧就好了。"

庄烈又问："我们今天算问心无愧吗？"

我说："反正我是无愧。第一，抓人是你们

的责任，你们抓不到人，我有什么办法；第二，办案讲究证据，现在有证据证明彭小春是共犯吗？"

庄烈笑道："聪哥我服你了，什么事到你这里都能理直气壮。"

我说道："我还没跟你算账呢。那五百块钱怎么算啊，你至少得出一半吧。"

庄烈赖皮道："聪哥，你刚才给钱的时候让我崇拜得差点跪了，别一副小市民的样子，有损你高大的形象。"

我被气乐了，"少扯这个。你上次办案不规范，我还没给你们派出所发纠正违法通知书呢，看来回头得多发两份。"

庄烈急了，"别啊，聪哥，这样就没法聊天了。你那通知书一到所上，我奖金又没了。"

我斜嘴笑着说："咱们有来有往，公私分明。"

车蜿蜒着向山下开着，山顶的人影一直站在那里。视野拉长，天地间，车和人都变成了小黑点，两个黑点越来越远……

梦醒时分

胡老师的车子在斜坡上熄火了，像是被石头卡住了。坡下是一道深沟，如果车子后滑的话，很危险。

胡老师看了一眼坐在后排的妻子和女儿，额头上已经开始冒冷汗。

"坐好了。"胡老师低声说，然后猛地踩了一脚油门，车怒吼着朝前冲去，在卡住的地方颤了几颤，终于奋力地越了过去。

冲过石头的一瞬间，胡老师松了一口气，回头看了一眼斜坡下看不见底的深沟，激烈跳动的心终于平复了一些。

他扭头看了一眼妻子，两人会心地笑了。妻子温柔地说："好险啊！"

"是啊，好险啊！"胡老师擦了擦额头的汗，踩着油门，一鼓作气冲上了斜坡，路前豁然开朗，山后的村子若隐若现。

"妮妮，翻过这座山就到家了。你想奶奶了吗？"胡老师惬意地问坐在后座的女儿。

女儿刚满六岁。她站在爸爸的座位后，够着两只小手想抱住胡老师，贴着他的脸说："想呢，爸爸。不过，我再也见不到奶奶了。"

胡老师心沉了一下，问："为什么？"

女儿低声说："因为我已经死了啊，爸爸。"

已经死了！已经死了！已经死了！

胡老师瞬间觉得眼前的山和路全都扭曲了，像电影倒带一样，车子飞速地向后倒着，怎么踩也控制不住，一直滑向坡下的深沟。

"不要啊！不要啊！"胡老师绝望地吼着，一下子坐了起来，发现自己是在床上。

妻子从旁边轻轻地抱住他，温柔地说："又做噩梦了？"

胡老师惨淡地闭上眼，全身像被抽空一样地

低下头去。

妻子说："等你身体恢复了，我们再生一个。"

胡老师用一只手支撑着身体，另一只手在那次滑坡事故的时候被截肢了。他沙哑地说："从妮妮死的那一天开始，我觉得自己已经和她一起死了。"

妻子紧紧抱住胡老师说："你不要这样。"

胡老师黯然道："你看看我现在的样子，已经是一个废人了。等检察院起诉以后，我工作也没了。我已经什么都没有了。"

妻子哭着说："你还有我。"

胡老师惨笑着和妻子依在一起。那次交通事故发生得太突然，胡老师的车从斜坡上一直滑到沟里，女儿死了，自己的右手断了，平淡美好的生活戛然而止。

胡老师看着窗外浓郁的黑夜，痛苦地想：你永远不知道生活什么时候会给你致命的一击，也许在志得意满的时候，也许在痛苦挣扎的时候，也许在平淡如水的时候，它就这么不经意地，在你始料未及的时候，把你的人生像蛋壳一样，轻轻捏碎。

天亮的时候，胡老师的手机响了起来。

他接起电话，里面有一个年轻的声音说："胡老师，我是张小聪检察官，还记得我吗？"

胡老师小心地说："记得记得。"

电话里说道："你的案子我们决定不起诉，请你今天来办一下手续。"

"不起诉？"胡老师愣了一下。

电话里解释道："鉴于你案子的特殊性，死者是你的女儿，加上案发的原因，以及一旦受到刑事处罚你的工作就保不住了。综合考虑后，检察院决定对你相对不起诉。"

胡老师颤颤地说"谢谢你们，谢谢谢谢"，胡老师突然想不出其他的话，一直重复着谢谢。

妻子拿着锅铲，围着围裙，站在门口看着胡老师，捂着脸，笑得满脸是泪。

胡老师放下电话，看着妻子，既感激又歉疚。

他心里想，还有希望。

他从床头的抽屉里拿出那本从事故之后就没有再写过的日记本，重新翻开一页，吃力地写了一句话：

用死亡来丈量人生，你才会认真地去活每一天。